小学館文庫

蟲愛づる姫君

後宮の魔女は笑う

宮野美嘉

小学館

目次

蟲愛づる姫君
後宮の魔女は笑う

序章

大陸随一の大国斎《さい》帝国の第十七皇女が、同盟国である魁《かい》国へ嫁ぐことになったのは十五歳の秋のことだった。

愛する姉と引き裂かれ、悲しみを堪えて異国へ嫁いだ皇女を妃《きさき》として迎えたのは、心優しく頼もしい魁国王である。

嫁いだばかりの王妃と国王には苦難も多かったという。しかし二人は互いに心を通わせ、とうとう身も心も結ばれるに至った。

それから幾年もの月日が流れ、二人は愛らしい子供にも恵まれ……

幸福な物語はめでたしめでたしで幕を閉じたと、民の間には伝わっている。

そしてこの日、魁国の後宮では第一王女と第一王子が五歳になった祝いの宴《うたげ》が行われようとしていた。

季節は春、夜の帳《とばり》が下りはじめ、灯籠の明かりが広々とした庭園を幻想的に照らしている。

そこには、招かれた貴族やその妻子、王宮に勤める官吏《かんり》や女官——みな着飾って庭園に集い、緊張の面持ちで国王一家のお出ましを待っていた。

そこへ静々と一人の女官が現れて、一同を見回すと。

「お妃様のお出ましです」

凛《りん》とした声でそう告げた。途端、人々は一気に緊張の色を増し、その視線は一点に集中する。

後宮の廊下を渡り、確かな足取りで庭園へと降りてきたのは一人の女人《にょにん》。彼女こそ、斎帝国の皇女にして魁国の王妃、李玲琳《りれいりん》であった。

その美しさを目にするだけで人々は感動に震え、歓喜に涙するという……

玲琳は珍しく複雑な形に髪を結い上げ、華麗で煌《きら》びやかな模様の衣にそでを通して、いかにも高貴な王妃然としている。二十三になった彼女にもう幼さはなく、妖艶ささえ漂わせる美貌の王妃になっていた。その姿を目の当たりにした人々は……

「う……ぎゃあああああああああああああああああああ!!」

「いやあああああああああああああ!」

「ひいいいいいいいいいいいい!!」

震え、涙した。

玲琳は思わず耳を塞いだ。

絶叫する一同の視線はただ一点、玲琳の纏《まと》う衣に縫い留められている。華麗で煌びやかなその着物をよく見ると――その模様は模様ではなく、大きさの揃《そろ》った蟲《むし》。金銀に輝く宝石のごとき――ゴキブリであった。数百もの輝くゴキを衣に纏わりつかせた王妃に、慣れぬ人々は絶叫して腰を抜かし、或《ある》いは失神し、慣れたものはため息と共に夜空を仰いだ。

「祝いの席で喚《わめ》くのはおやめ」

玲琳はあまりの狂乱ぶりに耳を塞ぎながら抗議した。

この世には蠱師《こし》という者がいる。

百蟲を壺《つぼ》に収め、喰《く》らい合わせ、殺し合わせて生き残った一匹を蠱《こ》とし、人を呪い殺す術者である。

魁国王妃李玲琳は、まぎれもなく斎帝国の皇女でありながら、蠱毒《こどく》の里出身の蠱師を母に持つ、生まれながらの蠱師だった。

幼い頃から蟲を愛し、毒を愛し、蠱毒で人を呪う鍛錬をして育った生粋《きっすい》の蠱師。生まれた斎帝国の後宮では、ほとんどの人間から恐れ忌《い》み嫌われてきた正真正銘の魔物。

その玲琳が魁へ嫁いでもう八年になるが、未《いま》だ蟲に慣れぬ者は多い。

「みな集まってくれてありがとう」

玲琳は騒ぐ一同に向かってにこりと笑った。

「今日は祝いの宴なのだから、好きなように楽しんでちょうだい」

軽やかに言いつつ一同の輪の中へ入って行こうとすると、全員が引きつった声をあげてずざざざざと勢いよく道を開けた。

玲琳がその空洞へ足を進めようとしたその時、

「姫、少し待て」

背後から伸びてきた逞《たくま》しい手が、玲琳の肩をがしっと摑《つか》んで引き止めた。

玲琳は顔だけでぐるりと振り返る。そこに立っていたのは、魁の国王にして玲琳の夫、楊鍠牙《ようこうが》である。精悍《せいかん》な顔つきに逞しい体軀《たいく》。玲琳よりちょうど十歳年上の夫は、この上なく渋い顔で妻を見下ろしていた。

「陛下！　お待ちしておりました！」

集まった一同は歓喜に顔を輝かせ、いっそ祈り出しそうな勢いで鍠牙を呼んだ。

鍠牙はその精悍な顔に頼もしく優しい笑みを張り付け、一同を見やる。

「驚かせてすまなかったな。もう大丈夫だ、安心してくれ」

力強いその言葉に、一同はもはや泣き出しそうですらあった。

鍠牙は玲琳の肩をしっかりと摑み――ゴキブリまみれの女に触れることを厭《いと》いもせず――なだめるように言った。

「姫、客人がみな困っている。もう少し地味な装いにしてもらえないか？」

「でも美しいでしょう？」

玲琳は腕をひらっと持ち上げ、袖に纏わりつくゴキブリを示した。

「ああ、あなたはこの世の何より美しいよ」

「そうでしょう⁉」

玲琳の美しいかんばせに花のごとき笑みが咲く。

「こんなに美しい子たちを生み出せたのは初めてなの。みんなに見せたら喜んでもらえると思ったのよ。夜にはことさら美しく見えるわ」

「そうか、だが残念なことに、姫の美しさを理解する感性を持つ者は俺以外にいないようだ」

優しく諭され、玲琳はふうっとため息を吐《つ》いた。

「どうやらそのようね、残念だわ」

そう言うと、軽く指を振る。それを合図に、玲琳のゴキたちはたちまち夜空へ羽を広げて飛び立った。

「ぎゃあ！」「ひええぇ！」「いやっ！」「え、あれ……綺麗《きれい》だぞ」「まあ、本当！　なんて美しいのかしら」

集まった一同は一瞬悲鳴を上げたものの、輝くゴキの群れが夜空を舞うその姿に星《ほし》屑《くず》の美しさを見出《みいだ》し、全員が空を仰いだ。

やがてゴキたちがいなくなると、人々はようやく落ち着きを取り戻した。

「蟲というのは案外美しいものなのですねえ……」

「それにしても、やはりお妃様をお鎮めくださるのは陛下をおいて他にはありえませんなあ」

などと、彼らは話し合っている。

自儘《じまま》に振舞う恐ろしい蟲師の王妃と、それを諫《いさ》める優しく頼もしい善良な王――と、彼らは思っているのだろう。彼らがそう誤解していることを、玲琳は知っている。

何と呑気《のんき》な民だろうか……この男の内側に潜むものを、誰一人知らぬのだから。

やれやれと思いながらも、玲琳は彼らの誤解を解こうとはしなかった。

この男の内側にいかなるものが潜んでいるか、知る者は自分だけでいい。そうやって、この八年を過ごしてきたのだ。

「さあ、宴を始めましょうか」

玲琳は己が起こした騒動を脇に置いて、ぽんと手を叩《たた》いた。

「あの……お妃様、本当にこの場で宴を……？」

招かれていた高官の妻が、恐る恐る聞いてくる。彼女の瞳はちらちらと庭園に向けられていた。

そこに恐怖や嫌悪の色が宿っていたからといって、彼女を責めるのは酷であろう。

この場のほとんどの者が、彼女と同じ思いでいるに違いない。即《すなわ》ち、一刻も早くこの場を立ち去りたいという切なる思いである。

彼らがいるのは——宴が開かれようとしているのは——ただの庭園ではない。王妃にして蠱師である李玲琳の特別な庭——数え切れぬほどの蠱がそこかしこに潜む毒草園なのだ。蠱たちの巣窟《そうくつ》に彼らは集められているのだ。戦場で敵兵に囲まれ剣を突きつけられているのと何の違いがあろうか。

玲琳は、決して彼らの気持ちを理解していないわけではなかった。彼らが蠱を恐れていることくらい、当たり前のように知っている。彼らがこの場を去りたいことも分かっている。それでもあえて言うのだ。

「私はお前たちをとても大切に想《おも》っているわ。この国のために働くお前たちに、私に仕えてくれるお前たちに、心から感謝している。故に、子供たちが五歳になった今日この日、私の大切なお前たちを、私にとって最も大切な場所へ招待したのよ。耐えられなければ今すぐ帰ってかまわないわ。もちろん私はそれを咎《とが》めない」

嫣然《えんぜん》と、玲琳は心の底から笑いかけた。集められた人々は、その言葉にじいんと感じ入る。

「お気持ち、確かに受け取りましたわ、お妃様。わたくしたちは今宵《こよい》、お妃様の毒草園で宴を存分に楽しませていただきます！」

怯《おび》えていた女性が、腹を括《くく》って拳を固めた。その脇にいた女性も、同じく頷《うなず》く。

「お任せください、この世には酒というものがございます。酔いに身をゆだねてしまえば蟲など恐るるに足りませんわ」

「どれほど気持ち悪くて恐ろしい蟲師でも、わたくし共はお妃様についていきます！　さあ！　皆様酒を！」

酔って正気を失ってしまえとばかりに彼女たちは声を張る。つられて男性陣も天に拳を突き上げた。

「よし！　今日は飲むぞ！　全員恐怖を麻痺《まひ》させるんだ！　理性などドブに捨ててしまえ！　まともな神経で化け物の棲家《すみか》にいられると思うな！」

「おお！　今にもちびりそうなものはいるか！　優先的に盃《さかずき》を渡すぞ！　ちなみに俺はすでに少し漏らした！」

何と頼もしい国民たちであろうかと、玲琳は彼らの様子を生暖かく見守った。

「お前たちはみんな可愛《かわい》いわね。帰る者はいないということでいいかしら？　では、今度こそ宴を始めましょう」

おお！　と全員が勇ましく唱和した。宴を楽しむというよりは、戦《いくさ》に挑むといった風である。

それを見て苦笑していた鍠牙が、不意に辺りを見回した。

「今夜の主役が見えないようだが、子供たちは？」

「ふふ、もうすぐお出ましのはずよ」

玲琳がもったいぶって答えると、背後に控えていた女官の葉歌《ようか》が耳打ちした。

「お妃様、それが……お二人の姿が先ほどから見当たらないのです」

この女官は玲琳が斎帝国にいた頃から仕えてくれている女官で、玲琳がこの世の誰よりも信頼している相手である。

葉歌は心配そうな顔をしているが、対する玲琳は幼子《おさなご》が行方知れずと聞いてもさして驚きはしなかった。

「心配することはないわ。あの子たちのことなら護衛役がすぐに見つけることでしょうからね」


「声を出しちゃダメよ、炎玲《えんれい》」

少女は言った。

「こういうむいみなことに労力をつかうのってバカだとおもうよ、火琳《かりん》」

少年は答える。

「バカって言う方がバカなのよ」

「そういうの、まけおしみっていうんだよ」

　ぷんすか怒る少女に、少年は淡々と返した。

　少女の名は火琳、魁国の第一王女である。対する少年の名は炎玲という。魁国の第一王子であり火琳の双子の弟だ。

　国王楊鍠牙と王妃李玲琳の間に生まれた双子は、この日五歳になったばかり。そして二人は今、後宮の庭園が一望できる屋根の上に潜んでいた。屋根の陰にそっと隠れ、大人たちの動向を見守っているのである。

「こんなことしてなんのいみがあるの？」

　炎玲は傍《かたわ》らで屋根にへばりつく姉に問う。

「誰がどのくらい私たちを心配するか確かめるのよ」

「だれもしんぱいしないとおもうよ」

「なんでよ！」

　カッと眦《まなじり》をつり上げて火琳は怒鳴った。

「だってお母様がいるもの。僕らのいばしょなんかすぐみつけられるよ。この蝶《ちょう》もいるし……だれもしんぱいしないよ」

　炎玲の肩には美しい闇色の蝶が留まっている。それは母の玲琳が二人のために作り出した蠱で、五歳の祝いにもらったばかりだ。

「ふん、バカね。それでも心配する忠臣を見極めるためにやってるのよ。そんなことも分からないからあなたはダメなのよ」

「たしかに僕はダメだけど、ダメじゃなくなりたいとおもってるわけじゃないから、ダメなままでもべつにこまらないよ」

「あっそ、向上心のない男って本当にダメね。でもいいわよ、あなたのことはこの私がずっと守ってあげるんだから。だからあなたは何も心配しなくていいのよ」

寝そべったままつんと胸を反《そ》らして、ナゾの姿勢になりながら火琳は言う。

それを聞いて炎玲はへにゃっと笑った。

「火琳はつよくてかっこいいね。だから僕はお父様よりお母様よりほかのだれより、火琳がいちばん大好きなんだ」

大好きと言われた火琳は嬉《うれ》しそうにふふんと笑った。

「そんなの知ってるわよ。私たちは二人で一つなんだから」

「そうだね、でもやっぱりこれはいみがないからやめたほうがいいとおもうよ。ひかえめにいって幼稚だし」

炎玲がにこにこ笑いながらズバリ言ってしまったその時――

「分かってんなら最初からやらないでもらえますかねえ」

背後からおどろおどろしい声が聞こえ、双子は屋根に張り付いたまま、ぴゃっと飛び上がった。

「捜しましたよ！　炎玲様！」

くわっと犬歯をむき出しにして怒鳴ったのは、第一王子の護衛役である風刃《ふうじん》という男だ。ぴんぴん尖《とが》った髪に、凜々しい顔立ちをしていてよく目立つ。裏街と呼ばれる貧しい地区で育ちながら軍に入り、瞬く間にのし上がって王子の護衛役に任命された男である。また、その愛嬌《あいきょう》と交友関係の広さから王宮一の遊び人と名高い。彼は屋根の上で仁王立ちになり、怖い顔で双子を睨《にら》んだ。

「ごめんなさい、風刃」

炎玲はたちまちしゅーんとなって屋根にちょこんと座った。

その姿を見た途端、風刃は矢で射貫《いぬ》かれたかのように己の胸を摑んだ。

「ああもう、しょうがないなあもう！　反省してるんならいいですよ！　そんな可愛い顔して本当に困ったお人ですね！」

そう叫び、たまらなくなったようにがばっと炎玲を抱きあげる。

「あれ？　炎玲様、なんだか昨日より可愛くなってないですか!?　このままだと、明日はもっと可愛くなっちゃうんじゃないですか!?」

言いながら炎玲を高く掲げ、屋根の上で片足立ちになりくるくると踊り子のように回りだす。

高所の恐怖に炎玲は固まり、それを見上げた火琳は幼児と思えぬ冷ややかな目つきになった。それでも気にせず風刃がぐるんぐるんと回っていると——

「やめろ、貴様！」

刃物めいた険しい声がかかり、風刃は襟首を摑まれ回転を止められた。

風刃を摑んでいるのは、第一王女火琳の護衛役である苑雷真《えんらいしん》だった。貴族出身でありながら官吏の道を蹴って一兵卒から軍に入り、あっという間に護衛官となったこれまた優秀な男である。涼やかな目元が印象的で、王宮一の美男子と名高い。

「王子殿下を危険な目に遭わせるのはよせ！」

雷真は風刃を咎めた。その生真面目さで釘《くぎ》が打てそうなほど硬い声と表情。

「この程度で落ちるわけねえだろ」

「そもそも王子殿下に可愛いなどと不敬が過ぎる」

「可愛いものに可愛いっつって何が悪い」

風刃は王子を屋根に下ろす。すると弟を守るように、火琳が炎玲の腕をぎゅっと摑んだ。それを見て、風刃は軽やかな笑みを浮かべてみせる。

「もちろん火琳様も可愛らしいですよ」

しかし褒められた火琳は愛らしい眉をきつく寄せた。

「安い男ね」

唐突かつ幼女らしからぬ暴言に、風刃は目をぱちくりとさせる。

「どこで覚えたんですか、そんな言葉」

「私が可愛いことなんか、言われなくたってよく知ってるわ。そういう歯が浮くようなことを平気で言える男は信用しない」

高慢な物言い。風刃は思わず苦笑する。

「ほんとどこで覚えました？　でもねえ、ありきたりな言葉でも……」

「そんなことはどうでもいい！」

風刃の言葉を遮《さえぎ》って、雷真がダンと屋根を踏んだ。

「王女殿下、王子殿下、このような危ない場所に上って、お怪我《けが》でもしたらどうするのですか、こんなことは二度としないでいただきたい」

一気に冬へと季節が戻ったかのような冷たさで言い聞かせる。

「ごめんなさい、雷真」

炎玲はまたしても素直に謝ったが、片割れの王女は反省の色一つみせることなく護衛役を見上げた。

「危なくなんかないわ、だってお前がいるもの。お前は私の護衛役で、何があっても絶対に守ってくれるでしょ？」

わずかの曇りもない絶大な信頼を向けられ、雷真は怒気を削《そ》がれた。たちまち黙ってしまった彼を見て、風刃がけけけっと笑った。

「はい、雷真君の負け～」

嘲笑《あざわら》われ、雷真の額に青筋が浮く。

「貴様、馬鹿にしているのか」

「馬鹿にしてないとでも思ってたのかよ」

「生意気な口をきくのはやめろ！」

「はあ？　生意気？　いやいや待てよ。てめえはいくつだっけ？　ええ？　いくつでしたっけ？　俺さあ、二十四歳なのよ。春生まれだからね。で？　初夏生まれの雷真君はいくつでしたっけ～？」

全開で馬鹿にする風刃に、雷真はわなわなと全身を震わせる。それを目の当たりにし、風刃は厭味《いやみ》ったらしくにやにやと笑う。

「キミ、まだ二十三だよねえ？　僕より年下だよねえ？　僕さあ、キミよりお兄さんなんだよ、お兄さん。目上の人間に対してとるべき態度ってものがあるんじゃないかなあ？　ほら、キミが素直になればね、僕だってキミを可愛がってあげようって気にもなるかもしれないじゃないか。ほらほら、ごめんなさいって言ってみなよ、ほらほらほら……ぎゃっ！」

突然脛《すね》を蹴られ、風刃は悲鳴を上げた。

「ああ!?　返り討ちにしてやらあ!!」

「貴様……殺すぞ」

二人がお互いの胸ぐらを摑み合ったのは完全に同時だった。突如屋根の上で取っ組み合いを始めた護衛役を、王子と王女は抱き合って眺める。ぼかすかと殴り合う彼らを目の前にしながら、王子と王女は別段驚きも怖がりもしなかった。

「あーあ、また始まっちゃったわ」

やれやれと呆《あき》れるように火琳が呟《つぶや》く。

「あ……おちる」

ごろごろと屋根の上から転がり落ちる両者を見て、炎玲が零《こぼ》す。

男たちは組み合ったまま屋根から落ち、どさっと地面に叩きつけられてもまだ殴り合っていた。

「バッカみたい」

火琳が屋根の上から下を見下ろすと、そこに集っていた人々が驚き呆れる中、母である玲琳だけが屋根の上を見上げた。

「ああ、見つけたわ。これでやっと宴が始められるわね」

第一章　不穏なる魔女の予言

　ようやく宴が始まり、玲琳は庭園の最も良い場所に設《しつら》えた椅子に座して煌びやかな目の前の光景を眺めた。最も良い場所というのはつまり、最も蟲たちが多く潜んでいる場所ということである。

　招待された人々は酒を飲み、踊り子たちの舞や楽師の奏でる音楽を楽しみ、各々この場が蟲の巣窟であることを忘れようと努めている。全く健気《けなげ》なことだと玲琳は嬉しく思うのだった。

「お父様、私たちがいなくて心配した？」

　傍らからそんな声が聞こえてちらと目を向けると、隣の椅子に座っている鍠牙の膝で双子がしっかと抱かれていた。

「心配したに決まってるだろ」

　鍠牙はぎゅうっと双子を抱きしめ、愛《いと》おしそうに頰ずりする。

「お前たちはお母様から生まれた大事な大事な子供たちなんだからな。ほら、名前もお母様の名前から一文字ずつもらっているだろう？　お父様がつけた名前なんだよ。お前たちを守ってくれるような、この世で一番素敵な名前をつけてあげたかったんだ。だから、あんまり危ないことをしてはいけないよ」

　優しい声で優しく諭す。火琳も炎玲も嬉しそうに父の腕の中に納まっている。

「ほら、火琳、炎玲。お前たちのためにみんなが贈り物を持ってきてくれたぞ」

　開き直った客人たちが、やけっぱちのように浮かれて歌い、騒ぎ、飲み、食い、順々に贈り物を持って王子と王女の前へやってきた。次々に積まれてゆく贈り物を火琳はおすまし顔で受け取り、炎玲はぼんやりと眺めている。

　そうしているうち、にわかに辺りの気配が変わり、人の群れを割ってとある一団が現れた。十人程の男女で、周囲の人々より全体的に小柄である。しかしそれ以上に目を引いたのが、彼らの纏う衣装であった。金糸と銀糸を織り込んだ上等の衣が上品に輝き、派手ではないのに圧倒的な存在感を放っている。彼らの有するその輝きに、玲琳は覚えがあった。

「この度はおめでとうございます。斎の李彩蘭《さいらん》様より王女殿下と王子殿下へ贈り物を届けに参りました」

　先頭にいた女が恭《うやうや》しく礼をした。なるほど彼女の言葉通り、彼らの装いは斎帝国の宮廷のそれである。ごく当たり前に最上級の衣を纏う、大陸随一の大国の使者に相応《ふさわ》しい出《い》で立《た》ち。そして、魁国の民よりいささか小柄な体格。ただ、先頭の女だけは他の者と明らかに違う姿をしていた。

二十歳前後と思《おぼ》しき年若い女性である。春だというのに幾重にも衣を重ね、豪奢《ごうしゃ》な刺繍《ししゅう》がされた布を頭からかぶり、手袋をして顔以外の肌を一切見せようとしない不思議な装い。その上、呪具めいた勾玉《まがたま》を連ねた首飾りをしている。最も印象的なのは、淡い黄土色をしたその瞳だ。光の加減で黄金に輝いて見える。全てにおいて只人《ただびと》ではないと感じる神秘的な女だった。彼女が動くと、甘く独特な花の香がふわりと漂う。

女の挨拶に、双子は目を輝かせてきょろきょろと彼女の背後を見やる。

「彩蘭様の贈り物ってなあに？」

火琳が頰を紅潮させて尋ねた。この少女は幼くして己の本分を知り、いずれは父の跡を継いでこの国の女王になると宣言している強者《つわもの》で、伯母である斎の女帝李彩蘭をことのほか慕っている。あのようになりたいと憧れているのだ。

親愛なる伯母の贈り物に期待をはせる火琳だったが、斎の使者たちはそれらしきものを何も持ってはいなかった。

「贈り物というのはいったい何かしら？」

玲琳も不思議に思ってそう聞いた。

すると、先頭の女がその場に膝をついてもう一度深く礼をした。

「贈り物はこのわたくしでございます。後ろの方々は護衛です」

予想もしていなかったその答えに、王子と王女はきょとんとし、玲琳は興味を引かれてにやりと笑った。

「へえ……お前はこの私の子供たちの、五歳の祝いに相応しいほど価値がある贈り物だというの？」

「李彩蘭様はそのようにお考えと存じます」

答えながら女はゆっくり顔を上げた。人懐っこい笑みが覗《のぞ》く。人の懐にするりと入り込んできそうな雰囲気でありながら、不思議と神秘的な印象を与える奇妙な女だと玲琳は思った。

楽しげに笑っている玲琳を、父の膝に座る双子が不思議そうに見上げる。

「お前の名は？」

玲琳は薄い笑みを残したままの唇を優雅に動かして問うた。

「紅玉《こうぎょく》と申します」

「そう……お前は私の子供たちのために何ができるの？」

重ねて問われ、紅玉は跪《ひざまず》いたまま再び礼をした。

「占いを――。私は斎の後宮で李彩蘭様にお仕えしていた占い師でございます」

「……占い師？」

その答えに玲琳はいささか興を削がれた。斎の後宮では昔から占い師などが好んで重用されてきたが、玲琳は彼らにも彼らが扱う占術というものにもあまり関心を持ったことがなかったからだ。

「何を占うというの？」

いったい何故《なぜ》、女神のごとく聡明《そうめい》なあの姉が占い師など贈ってきたのか、玲琳は甚《はなは》だ不思議でならなかった。

紅玉と名乗る占い師は玲琳の疑念を感じ取ったのか、説得力を持たせようとするかのように己の胸を押さえてみせた。

「お望みのことならば全て……私はあらゆる過去を覗き、あらゆる未来を見ることができます。斎の李彩蘭様は私を天下随一の占い師と称《たた》え、金目《きんめ》の魔女――とお呼びになりました」

その言葉に辺りがざわつく。

「ふうん……ならばせっかくだから何か占ってもらいましょうか」

玲琳が面白がってそう言うと、突然背後に控えていた一人の女官が前に出てきた。

「あの！　でしたら私でお試しください！　実験台になりますわ！」

真《ま》っ直《す》ぐぴんと手を伸ばし、爛々《らんらん》と目を輝かせて名乗りを上げたのは女官の葉歌だった。彼女は元々斎からやってきた女人であるため、斎で流行《はや》っていた占いなどには詳しかろう。

「ではこの女を占ってあげて」

玲琳は微苦笑で葉歌を示した。

すると紅玉は立ち上がり、優しく微笑《ほほえ》みながら葉歌に両手を伸ばした。

「お手を拝借できますか？」

「え、あ、はい。どうぞ」

俗なことをこよなく愛する葉歌は、ドキドキワクワクしながら両手を差し出す。紅玉は手袋をしたまま葉歌の手を握り、軽く目を閉じた。

「あのですね、もうそろそろいいかげん、私にも素敵な殿方との出会いがあってもいいんじゃないかと思うんですよね。そのあたりはどうですの？」

勢い込んで聞く葉歌の手を握ったまま、占い師はそっと目を開く。

「……運命の相手には、気づきにくいものですわ。あなたはもう、運命のお相手に巡り合っているのではないでしょうか？　もう一度、自分の心を見つめてみるのも大切なことです。白い花が良い気を運ぶように見えますので、どうぞ大切になさって」

心地のよい声が言葉を紡ぐ。葉歌は大きく目を見開いた。

「何ですって！　お相手は誰なんですか!?　いったいいつ、私はその方と結ばれるんですの？　田舎で平和にステキに暮らせるんですの!?」

噛《か》みつくように聞く葉歌に、紅玉は苦笑しながらふるふると首を振った。

「残念ですが、私は全てを見通せてしまうので、具体的な時や名をその中から掬《すく》い取るのは大変なことなのです。ですが、あなたが運命のお相手と結ばれる未来は見えていますわ」

そう言って紅玉が手を離した途端、葉歌の目は星を宿したかの如《ごと》く輝いた。

「まあ！　お妃様！　この方は本物ですわよ！」

「そう、よかったわね」

玲琳はにこやかに笑い返した。本当にこの女官は愛らしいことこの上ないなと思うのである。

葉歌のはしゃぎっぷりを見ていた周囲の人々は、興味をそそられたらしくそわそわし始める。

「あ、あの……私も占っていただけないでしょうか？」

その中の一人がおずおずと前に出てきた。上等な衣をまとっていることから、貴族の娘であると思われた。

紅玉は思い悩んだような顔をしているその娘に両手を差し出した。

「では、お手を」

娘の手を握り、葉歌の時と同じく目を閉じる。

「……何か、悩んでいらっしゃる？」

「は、はい！」

核心を突かれたのか、娘は顔色を変えた。

「……人の姿が見えますわ。人間関係の悩み……」

「ええ、そうです。そうなんです」

「………大丈夫ですわ。誤解が生じているだけです。お心を素直にもって、正直に想いを伝えれば、きっと事態は良い方へ向かいますわ」

「本当ですか？」

「ええ、必ず良い結果が待っています。ただ、雨の日に不吉なものが見えますので、ご注意くださいませ」

神秘的な笑みを浮かべて紅玉は娘から手を離す。

玲琳はその占いを観察しながら感心した。この女は言葉一つで瞬く間に彼女らを満足させてしまった。人の心の機微を解さぬ玲琳には、到底及ばぬ境地だ。

「私は王女殿下と王子殿下の祝いにやってきた贈り物でございます。お二人のことを占っても？」

紅玉は人懐こい笑みで王子と王女に手を伸ばした。双子はきらりと目を輝かせて父の膝から飛び降りようとしたが、鍠牙はそれを許さずぐっと子供たちを抱きとめた。

「子らを占う必要はない。幼子は占いなどに縛られず育つ方がいいだろう」

鍠牙は優しく鷹揚《おうよう》な王の笑みを浮かべてみせた。その言葉には異を唱えることなどできぬ深い威厳がこもっていたが、玲琳にとっては実に見慣れた胡散臭《うさんくさ》い笑みと言葉なのだった。

どうやら彼はこの占い師が気に入らないと見える。贈り主の李彩蘭が気に入らないのか、占いそのものが嫌いなのか、或いはその両方なのか……判然としなかったが、溺愛する子供たちに触れさせたくないと思う程度には警戒心を抱いているようだった。

子供たちはその言葉に少しがっかりしたが、大好きな父親に逆らおうとはせず、おとなしく腕の中に納まっている。

玲琳がその様子を見ていると、鍠牙はその眼差《まなざ》しに気づいて軽く笑いかけてきた。

「姫、せっかくだからあなたが占ってもらうといい」

軽やかに提案されて、玲琳は朗らかに微笑み返した。喉元に毒蛇を喰らいつかせてやろうかと想像する。

胸中で睨みつけながら、しかし玲琳は彼の謀《はかりごと》にひらりと飛び乗った。

「そうね、では私を占ってちょうだい」

優雅に微笑み、紅玉に向かって手を伸ばす。

するとす、今まで穏やかだった紅玉の表情に一瞬の緊張が走り、彼女は近づいてくると座る玲琳の前に跪いた。

「お手を失礼いたします」

そっと手を握られ、手袋越しの感触を握り返す。なんだか気持ちが悪いなと思った。背筋がぞくぞくするような感覚があり、まったく自分という女はどうしてこんなに単純なのだろうかと呆れる。いつもいつも同じような相手をすぐ好きになってしまう。そう――玲琳はこの占い師をもうすでに気に入ってしまっていた。この女の微笑みに隠れた毒の気配を――

紅玉は長く玲琳の手を握っていた。ゆっくりと目を開けて、真っ直ぐに玲琳の目を見上げた。別段美しい容貌の女ではない。しかし、珍しい色をした瞳に煌めく光は星を映しているようで、不思議な神秘性があった。

「お妃様……」

耳に残る独特な声。神妙な面持ち。

「何？」

「……あなたは明日死にます」

瞬間、辺りの空気が凍った。王妃への不敬に対する怒りとか、悲劇を嘆く気配ではない。ただ、予想もしていなかった恐ろしいことが起こってどう感情を動かせばいいのか分からぬまま、その場の全員が息を殺してしまったようだった。

玲琳はその空気を融《と》かすようにくすっと笑った。

「へえ、そう。どこで、どのようにして私は死ぬの？」

玲琳が微塵《みじん》も動揺していないことに紅玉は少し驚いたらしく、わずかに目を見張った。実際玲琳は動揺していなかったし、どちらかと言えば楽しんでいた。

玲琳は生きるということを愛している。生を愛するということは、死を愛するということなのだ。故に玲琳は死を愛し、それをもたらす毒を愛する。だからこそ、毒を秘めたこの女の言葉に惹《ひ》かれてしまう。

「……お妃様は明日の夜、池に落ちてお亡くなりになります」

紅玉は沈痛な面持ちでそう告げた。その言葉は玲琳をいささか驚かせる。

「私は泳げないわけではないわ」

仮にも大国の皇女、一国の王妃が泳げるというのもおかしな話ではあるが、池で毒草を育てることもあるので玲琳は水を恐れない。

しかし紅玉は首を振った。

「お妃様は足を滑らせて池に落ち、頭を岩にぶつけます。意識を失ったまま溺れて命を落とすのです」

淡々と王妃の死を語る占い師に、周囲の者たちは何も言えずただ息を詰めて黙り込んでいた。

「なるほど……では、どうしたらそれを防げるかしら？」

「もう大丈夫でしょう。お妃様は私の予言を聞きました。ですからお妃様は今後池を警戒なさるでしょう。お妃様を心配する方々も護衛としてお傍《そば》に侍《はべ》ることでしょう。ですからもう、お妃様が命を落とすことはありません」

「へえ……つまり私は今、お前に命を救われたのね？」

「僭越《せんえつ》ながらそういうことになります」

淡々と答えられ、玲琳の胸のざわめきは頂点に達した。この女は面白い。

「お前はなかなか……すごい占い師ねえ。お姉様はきっと、私がお前を気に入ると思ってお前をくださったのだわ」

「恐れ入ります」

紅玉はにこりと微笑んだ。神秘性より人懐っこさが勝《まさ》った。

お互い微笑み合ったことで辺りの空気がふと緩んだ。が——

「このような祝いの場で、怪しげなことを言うのはやめていただきたい」

そこで突如険しい声がかけられた。玲琳がちらと後ろを見ると、双子を抱く鍠牙の後ろに直立している護衛役の一人——雷真が鋼鉄のごとき硬い表情で占い師を睨んでいた。

「怪しげ……ですか？」

紅玉は己の胸を押さえて困ったように苦笑した。

「あなたの言うことはどれも、巷《ちまた》の怪しい詐欺師が使う常套句《じようとうく》だ。酒に浮かれて判断力をなくしたご一同は誑《たぶら》かせても、私は騙《だま》されません。素面《しらふ》であれば、そんな子供騙しの稚拙な嘘《うそ》に引っかかるものか」

雷真は頑として、四方八方に無礼千万なことを言ってのける。

毒草園と蠱の恐怖を忘れるべく必死に酔っぱらっていたご一同は、その言葉に立腹したらしく辺りに不穏な空気が流れた。

「嘘と言われましても……困りますわ。あなた様は私が嘘を言っていると、どうやって証明なさるのでしょう？　どこにそのような証拠がありますか？」

紅玉は優雅に立ち上がり、潔白を示すかのように軽く両手を広げる。

「はい、雷真君の負け～」

ぷぷっと笑いながら、雷真の隣に立っていた風刃が言った。

「何だ貴様、この怪しい占い師を信じるというのか？　王子殿下の護衛役ともあろう者が、正体の知れぬ不審者を殿下に近づけるつもりか!?」

風刃の挑発に軽々と乗った雷真は、じろりと風刃を睨みつける。睨まれた風刃は、けけっと笑いながら馬鹿にするみたいに肩をすくめた。

「だって、信じたほうがおもしれーだろ」

「馬鹿か貴様は!!」

雷真の怒号が夜空に飛んだ。

「いくら不真面目でも構わないが、王子殿下に危険が及ぶかどうかくらい考えろ!」

感情的に声を荒らげ、風刃の肩を手荒く突き飛ばす。風刃は数歩よろめき、背後の草むらに足を踏み入れた。その瞬間――

ギイイイイイイ!!

奇妙な叫び声が地面から発せられた。

ぎょっとして飛びのいた風刃の足元の草むらから、突如立ち上った巨大な黒い影。常識では考えられぬ巨体の蛇が、尾を踏まれて激怒していた。玲琳が手塩にかけて育てた大蛇である。人が多く騒いでいることに興奮しているらしく、攻撃的に目を光らせている。

ギシャアアアアア!!

蛇はまたしても鳴き、一瞬にして辺りは恐怖の渦に叩きこまれた。

「きゃあああああ!」

鎌首をもたげた大蛇を目の当たりにした人々は、悲鳴を上げて逃げまどった。

そんな中、興奮した蛇は己の尾を踏んだ風刃を爛々とした目で見据えている。

「は……ははは……」

風刃が壊れたような笑い声をかすかに立てた。

玲琳はとっさに立ち上がり大蛇を鎮めようとしたが、それより早くその前に立ちはだかった者がいた。

小さな体で風刃を庇《かば》ったのは、鍠牙の膝から飛び降りた炎玲だった。

「ダメだよ。このひとは僕のたいせつな人なんだ。だからおこらないであげて。しっぽをふんでしまってごめんね。いたかったね。僕がかわりにあやまるから、だからおこらないで」

両手をいっぱいに広げて、少年は大蛇を諭した。

すると今まで興奮していた大蛇は、たちまちおとなしく地に伏した。

「ゆるしてくれるの？　ありがとう。きみはやさしいねえ」

炎玲はにこにこと笑った。

蠱師である玲琳には二人の子がいる。一人は王女、楊火琳。もう一人は王子、楊炎玲。蠱師の才は基本、女に受け継がれるものだ。男が蠱師になることはほぼありえない。しかし、炎玲はそのごく稀《まれ》な存在としてこの世に生まれた。この少年は、男でありながら蠱師の才を色濃く受け継いでいるのだ。

大蛇をあやす王子を見て、逃げようとしていた人々は腰を抜かした。

襲われかけていた風刃は幼い王子を陶酔するような瞳で見つめ、その傍らにしゃがみこんだ。

「炎玲様……助けてくださってありがとうございます。お礼にあなたをぎゅっとしてもいいですか？」

あまりに突拍子もないことを真顔で言われ、炎玲は驚いたように目をぱしぱしと瞬かせたが、ぱっと両腕を広げてみせた。

無言の了解を得た風刃は、にひひと嬉しそうに笑って幼子を抱きしめる。

「やっぱりあなたは最高だ。俺はねえ、あなたを死ぬまでずっとお守りしますよ、この世の何より尊い俺の王子殿下」

「……お母様のつぎに……でしょう？」

「同じくらい大切なんですよ」

「ふうん……じゃあね、僕をずっとまもってくれるっていうなら、蟲にたべられかけてるのにうれしそうなかおしちゃダメだよ、風刃」

「すみません、ちょっと見惚《みと》れてしまいました。この御仁《ごじん》があんまり見目麗しかったので」

苦笑いする風刃に、炎玲はふうっとため息を吐いた。

「ほら、風刃はきみをほめてるよ。だからなかよくしてあげてね」

少年に優しく諭された大蛇は、ぎょろりと風刃を見る。そしてぷいっと背を向け藪《やぶ》の中へと消えていった。

「しょうがないからゆるしてあげるって」

大蛇の無言を少年は通訳する。

「そりゃありがたい。あの美しいお方とまたお会いできたら、今度はお茶にでも誘いたいですね」

風刃は本気の軽口で答えた。

ほんのりと和やかな空気が一瞬流れる。しかし――

「バッカみたい」

冷たい一言がその空気を断ち切った。

愛らしい王女の瞳が冷ややかに風刃を睨んでいた。

「お前って相変わらず趣味が悪いのね、気色悪いものばかり追いかけて気持ち悪い男。今時蠱術《こじゅつ》なんてはやらないわよ、そんなものに一喜一憂してバカみたいだわ。そんなバカとこれ以上同席するなんてうんざり。私はもう帰る」

ふんっとそっぽを向き、火琳は鎧牙の膝から飛び降りた。すたすたと人々の間を闊《かっ》歩《ぽ》して、自分の部屋へと戻ってゆく。

「火琳様！」

雷真が追いかけようとするが、じろりと睨まれ拒まれる。

「誰も来ないで」

わずか五歳の少女でありながら、全てを支配する女帝のごとき圧で命じる。誰も動けない中、ただ一人炎玲だけが風刃の腕から抜け出して、ぴょこぴょこと駆けだしていた。

「だれもこなくていいよ」

そう言って、少年は姉の後を追いかけた。

「やれやれ、とんだ祝いの宴になってしまったな」

双子がいなくなってしまうと、鍠牙はため息まじりに呟いた。

「なかなか面白い余興だったわ」

玲琳はふふっと笑い、騒動の発端となった占い師に目を向けた。

紅玉は逃げもせずその場にいた。

「私のせいで申し訳ありません」

「こういう事態は占えなかったの？」

玲琳はからかうように尋ねた。

「私は自分を占うことができないのです。自分が関わると、霞《かすみ》がかかった曖昧な未来しか見えなくなります」

困ったような答えが返ってくる。

「私がここにいてはご迷惑でしょうか？」

そう問い返されて、玲琳はにやと笑った。

「お前はお姉様が下さった贈り物……手放したりはしないわ、ここにいなさい。お前は今日からあの子たちの所有物よ」

「ありがとうございます。心からお仕えいたします」

神秘的な瞳を三日月のように細め、紅玉は深々と礼をしてみせた。


「二人には悪いことをしてしまったな。もう少し和やかな宴にしてやりたかったが」

夜が更け、宴もお開きになり、鍠牙は自室に戻って呟いた。

「素晴らしい宴だったと思うけれど？」

寝台に優美な猫のように横たわり、玲琳は心からの感想を述べる。

「そもそも毒草園で宴を開いたのが誤りだった」

「けれど蟲の美しさを……」

そこで部屋の扉が開いた。

ほてほてと入ってくるのは炎玲と、炎玲に腕を引かれた火琳だった。

「お父様、お母様、宴でおおさわぎしてごめんなさい」

炎玲がしょんぼりと謝った。しっかと手を繋《つな》がれている火琳は、頬を膨らませてそっぽを向いている。

鍠牙は一瞬で表情を緩め、子供たちの前にしゃがみこんだ。

「お前たちが謝ることなんか何もないよ。今日のお前は、臣下を守ってやっていて偉かったな、炎玲。火琳も怯えず凜としていていい子だった。お前たちが立派に育っていてお父様は嬉しく思うぞ」

「……私は立派じゃないわ。だって何もできないもの。蟲たちは私の言うことなんか聞かないし、私を好きでもないわ」

火琳はそっぽを向いたまま、目を赤くしながら言った。それを聞いた鍠牙は一瞬目を見張り、しばし考えて口を開いた。

「そうか……お前は賢くて優しくて何でもできる立派な姫君で、お父様はお前を誰より頼もしく思っているが……お前が何もできなくても、お父様はお前が可愛いよ」

言われた火琳はちらと鍠牙に目を向ける。

「……嘘」

「嘘じゃないさ。お前が蠱師だろうが、ただの人だろうが、この世で一番の悪党だろうが、構うものか。火琳と炎玲がここにいてくれるだけで嬉しいよ。お父様が今までお前たちに嘘を吐いたことがあったか？」

鍠牙は優しく言いながら、火琳の手を取ってゆさゆさと揺すった。もう片方の手を繋いでいる炎玲が、ぐいぐいと合図するように姉の手を引っ張る。

「……お父様、ごめんなさい。勝手に宴の席を中座《ちゅうざ》して」

「そんなの構わないさ。お前たちのための宴だったんだから」

そう言われ、ようやく安堵《あんど》したかのように火琳は小さく笑った。愛くるしいその笑みに、鍠牙の目尻はますます下がる。

「ねえ、お父様。一緒に寝てもいい？」

「僕も、いっしょにねてもいいですか？」

不意に甘えられ、鍠牙はううんと唸《うな》った。

「残念だけどな、一国の王子や王女ともあろうものが親と一緒に寝るなんて民に示しがつかないだろう？　いつも通り秋茗《しゅうめい》と寝なさい」

父の言葉に双子ががっかり顔をしたその時、待ち構えていたかの如く入り口から静かに女官が入ってきた。

「お二人とも、話はお済みですか？」

慈愛に満ちた声で双子に話しかけたのは、彼らのお付き女官である秋茗だ。秋茗は十二の頃から後宮仕えをし、玲琳に気に入られて双子のお付き女官になった娘である。十八になったばかりの年若い娘だが、玲琳が今まで見た人々の中でも図抜けて賢く、気が利き、胆《きも》が据わっている。また、秋茗は生まれた時からずっと双子を教育してきた教育係でもあった。双子は玲琳の乳で育っているので乳母はおらず、秋茗は二人目の母親と言ってもよかった。

「話はもう終わったわ」

火琳が何やら達成感を滲《にじ》ませて答える。

「では、お部屋へ戻りましょう。夜更かしが過ぎますからね」

「分かってるわよ、夜更かしは美容の大敵なんだから。だから早く寝ましょ。ねえ、ぎゅってして寝てくれる？」

「僕も」

「はいはい、ぎゅってして一緒に寝ましょうね」

秋茗は細腕で双子を同時に抱き上げた。

「それでは、陛下、お妃様、おやすみなさいませ」

よろけながら礼をする秋茗に倣《なら》い、双子もおやすみなさいを唱和する。

彼らが部屋から出て行くと、途端に室内はしんと静まり返った。

鍠牙は力なく立ち上がり、ふらふら寝台まで歩いてくると、玲琳の横へばったり倒れた。

「はあ……俺もあの子たちと一緒に寝たい……」

悩ましいため息を吐く鍠牙に、玲琳はくっくと笑った。

「嘘吐き。本当はそんなこと思っていないくせに」

「姫、そういうのは分かっていても知らないふりをするのが優しい妻というものだ」

文句を言われ、玲琳は傍らに横たわる夫の前髪に触れた。

「そんなものを本気で私に求めているなら、お前はただの愚か者よ」

「冷たいことを言うな。俺はただ、あなたと二人きりで夜を過ごしたいだけだ。あなたを抱きしめていなければ眠れない」

鍠牙は寝そべったまま玲琳の手を取り指先に口づけた。

「……お前は本当に済度《さいど》し難《がた》い愚か者ねえ。それほど私が大事なくせに、よくも私を占いの実験に差し出してくれたこと。万が一のことが私の身に起きたらどうするつもりだったのかしら」

玲琳は鍠牙の腕を解き、寝台の上に起き上がって胡坐《あぐら》をかくと、両手で頬杖《ほおづえ》をついて彼を睨み下ろす。

「あなたを害することができる者など、そうそういないだろうさ。蠱毒の里の次代の里長《さとおさ》よ」

鍠牙は仰向《あおむ》けになって玲琳の髪をつかんだ。

彼の言葉通り、玲琳は母の故郷である蠱毒の里の、次代の里長になることが決まっている。玲琳自身がそれを求めた。

「ふふん、そもそもお前は私の死を恐れはしないのでしょうけどね」

髪を引っ張られながら、玲琳は鍠牙の胸を指先でとんとついた。

この男の身の内には、玲琳の毒蜘蛛《どくぐも》が一匹巣くっている。その蜘蛛は、玲琳の死と共に鍠牙の命を奪うよう命じられているのだ。この世に一人残されることはないと分かっている彼は、玲琳の死を恐れない。しかし、彼はふと眉を顰《ひそ》めた。

「いや、そうでもないぞ。あなたが死んだら俺も死ぬが、そんなことになればあの子たちが両親を失ってしまうだろう？　二人ともどれほど悲しむか……」

難しい顔で唸る。おやと玲琳は意外に思った。彼が死を恐れる日が来るなど、想像もしていなかった。子供たちを残して死にたくない。そのくらい子供たちが大切で、そのくらい今の彼は幸福なのだ。

「そんなにあの子たちが可愛いなら、私の名ではなく自分の名から名付ければよかったのに」

玲琳が何気なくそう言うと、鍠牙はきょとんと目を丸くした。どことなく空虚なその顔は、彼を奇妙に幼く見せた。

ややあって、彼はふっと笑み崩れた。

「俺の名前をあの子たちに……？　あははは、まさか。そんな悍《おぞ》ましい……気色の悪いこと、できるはずがないだろう？」

軽やかに告げられたその言葉は何やら毒めいている。

人が嫌いで、自分が嫌いで、この世の全てが嫌いで、玲琳と子供たちだけが好きな鍠牙。この男にとって自分の名を子らに分け与えることは、汚物を塗りつけるに等しい行為なのだろう。

己をこの世の底辺に置きながら、立派な王の顔をして――優しい父の顔をして――子供たちに屈託のない笑顔で接する、嘘に塗《まみ》れた男。

玲琳は思わず口の端に笑みを浮かべ、鍠牙の輪郭を指先でなぞった。

「そうね、そんなことをしたら呪われてしまうかもしれないわ。私の名の方がいい。私の名なら、呪いより強い毒だから」

「そうだろう？」

鍠牙は満足そうに相槌《あいづち》を打ち、玲琳の腕を引いて己の腕に閉じ込めた。

「さて、今夜も呪いより毒より恐ろしい姫を抱きしめて眠るとしよう」

玲琳はくすくすと笑いながら、彼の腕の中で力を抜いた。そのまま眠りに落ちようとしていると、鍠牙がふと呟いた。

「火琳は……女王になりたいんだろうな」

「そうでしょうね」

斎の女帝にも匹敵する女王になるのだとあの子はいつも言っている。しかしそれが必ずしも彼女の本心から望むものではないことを、親である二人は知っていた。

「……本当に欲しいものは手に入らないから、せめて王座くらいは欲しいんだろう。なあ、姫……あの子は……」

「無理よ」

玲琳はその先を予想してきっぱりと言った。

「火琳に蠱師の才はない。あの子はどうあがいても蠱師になれない」

「どうやってもか？　あなたが術を駆使しても？　生贄《いけにえ》が必要なら俺を使っても構わないが……」

冗談みたいなことを、鍠牙は真顔で本心から言う。

「無理だと言っているのよ。お前の命を丸ごと捧《ささ》げたところで、あの子が蠱師になることはない」

「……そうか……なら仕方がないな。あの子にはこの国をあげよう。そうだ、ついでに近隣の国を二、三手に入れてやれば、少しは慰めになるんじゃないか？　どうせ支配するなら、少しでも大きい方がいいだろう。そうだ、そうしよう」

またしても悪質な冗談めいたことを、鍠牙はどこまでも本気で言った。

「くだらないことを考えるのはおやめ。あの子は親が手に入れたおもちゃで満足するような娘ではないわよ。欲しければ国くらい自分で手に入れることでしょう。あの子の楽しみを邪魔するのはおやめ」

玲琳が真面目に諭すと、鎧牙は納得した顔になり、寝具へ身を沈めた。

「それもそうか……俺があの子にしてやれることは少ないな……」

力ない吐息が漏れる。

「あの子はお前が大好きなのだから、せいぜい長生きしてあげればいいわ」

「うん……そうしよう」

そう言って、彼は玲琳の体に回した腕に力を込めた。室内はしんと静まり返り、二人はようやく眠りについた。

それから一刻ほど経《た》った頃——誰もが寝静まった深夜のことである。

獣のような唸り声で玲琳は目を覚ました。寝ぼけた頭でもそれが何の音だかすぐに分かり、暗闇の中傍らで身を縮め震える男の肩を揺すった。

鎧牙は眠ったまま酷《ひど》く魘《うな》され、聞くだけでぞっとするような唸り声をあげている。

何度揺すっても目を覚まさないので、玲琳は彼の頬を強く叩いた。

「鎧牙！　私を見なさい！」

その大声で鎧牙はようやく目を覚ました。

「……姫？」

暗くてはっきり見えていないのか、彼は玲琳の存在を確かめようとするみたいに震える手を伸ばす。

「そうよ、私よ。ここにずっといるわよ。この私の存在を忘れて悪夢の世界に籠《こも》るなんて、いいご身分ね」

玲琳は彼の手を摑んで文句を言う。すると鍠牙は安堵したように体の力を抜きかけ、はっとして辺りの闇を見回した。

「大丈夫よ、火琳も炎玲もいないわ。あの子たちは何も見ていない」

「ああ……うん……そうだな、いるわけなかった」

今度こそ彼はぐったりと力を抜いた。

彼はこうして、毎晩悪夢に魘される。

愛する妻が傍にいて……可愛い子供が二人も生まれて……何一つ煩《わずら》うことがなくなって……幸福になってしまった鍠牙は、その幸福に苛《さいな》まれている。襲いくる悪夢と、夜ごと戦い続けている。そしてそんな自分を、決して子供らには見せまいとするのだ。だから彼は子供たちと共に寝ようとはしない。

どれほど溺愛していても、彼は己の内側に子供たちを入れない。そこは穢《けが》れた場所で、入れたものをことごとく汚してしまうと彼は頑《かたく》なに思っている。百万の嘘を重ね、千万の仮面を被り、子らを拒絶し続けている。彼が己の内側に入れるのは、この世に玲琳ただ一人なのだ。蠱師である玲琳なら、いかなる毒に塗れても決して汚れないと知っているから……

「お前は無様ね……」

そう呟き、玲琳は彼の額に口づけを一つ落とした。その瞬間、彼は突如起こった痛みに頭を押さえた。

「私の眠りを妨《さまた》げた罰よ」

彼の中には玲琳の生みだした毒蜘蛛がいる。それは玲琳の命令に従って、しばしば鍠牙を痛めつける。その痛みが彼を何より安堵させることを、玲琳は誰より知っているのだ。

「大丈夫よ、お前はちゃんと罰を受けている。これからも、私が与える痛みがなくなることはない。お前はちゃんと、死ぬまで苦しむようにできている。だから自分で自分に罰を与える必要はないわ」

痛みに耐える鍠牙に身を寄せて、玲琳は幾度となく繰り返してきた呪いの言葉を与え続ける。

そうしているうち次第に鍠牙の呻《うめ》き声は消えてゆき、彼は意識を失ってしまった。

これで朝まで眠るだろう。今夜の務めも終わったと、玲琳は安堵の吐息をついて再び布団に潜り込んだ。

愚かで哀れな済度し難い毒の化生《けしょう》……しかし玲琳は、彼のそういう毒が魅惑的で仕方がないと思うのだった。

さて……本当に済度し難いのはどちらだろうか？　その自問に闇の中でくすりと笑い、目を閉じたその時、脳裏に一人の女が浮かんだ。

最愛の姉が贈り物に寄越《よこ》してきた一人の占い師。奇妙な神秘性を感じさせる紅玉という女。

何故彩蘭は、彼女をここへ送り込んできたのだろう？　彩蘭の行為にはいつも必ず意味がある。意味……いや、企《たくら》みだ。彩蘭はおそらく、何かを企んでいる。

これからこの国で、何かが起こるのだ。

いったい何が起きるのか……考えながら次第に意識は溶けてゆき、いつしか玲琳は深い眠りへと落ちていた。

皆が寝静まった後宮の一室で、紅玉は一人起きていた。

斎の女帝からの贈り物である紅玉には、立派な一部屋が与えられていた。とはいえ、今まで世話になっていた斎の後宮に比べればずいぶんと質素であることは確かだ。

興奮から寝付けず、紅玉は寝台の上で胡坐をかいていた。

「やったわ……無事王妃に気に入られた」

李玲琳がどういう人間を好むのかは李彩蘭から聞いていた。妹はきっとあなたを気に入るだろうと、あの女帝は言ったのだ。

占いだって、全て上手くやってみせた。

これでも大陸随一の帝国で、何年も姫君たちを占い続けてきたのだから、相手がどういう答えを欲しているかくらい分かる。

彼らは確かな未来が見たいわけじゃない。ただ、都合のいい甘い嘘を聞いていたいだけなのだ。

一人だけ、疑いの目を向けてきた兵士がいたが……彼が何を言ったところで邪魔にはなるまい。事態は全て紅玉の思い通りに動いている。

もっともっと信じさせて、自分の思い通りに動かしてみせるのだ。

「私の正体を、誰も見抜けるものか……」

最後まで騙し切ってみせる。必ず目的を果たしてみせる――！

そう決意し、紅玉は寝台にばったりと横たわった。

「お妃様、お尋ねしたいことがありますわ」

翌日の昼、部屋の書物を整理していた玲琳に、女官の葉歌が目をぎらつかせて詰め寄ってきた。

「何か起きた？」

早速姉の企みが露見したのかと身構えた玲琳に、葉歌は疑いの眼差しで言う。

「お妃様は昨夜、ムカつく男を呪い殺した――なんてことはしていませんか？」

玲琳は目が点になった。言葉の意味を解すると、この女は自分を何だと思っているのだろうかと呆れる。

「そんなことをするはずがないでしょう」

「いや、お妃様ならやりかねないですし」

「そんなことは……絶対にないとは言い切れないけれど……」

否定しようとしたが、しくじって語尾が途切れた。とはいえ、昨夜の玲琳が何もしていないのは確かである。

「とにかく私は何もしていないわ。何があったの？」

「昨夜、街中で人が上半身を喰われて死んでいたんですって」

「へえ、野良犬にでも食われたのかしら」

気の毒な話ではあるが、それと玲琳を結び付けられても困る。

「野良犬だって、人の上半身を丸ごと食べたりしないと思いますけど」

葉歌はちょっと気持ち悪そうに言う。

「で、話はこれで終わりじゃないんです。実は今、紅玉さんのお部屋の前に行列ができています」

「……何ですって？」

紅玉には後宮に部屋を与えた。仮にも斎の女帝が遣《つか》わした占い師である。雑な扱いをすることは許されず、立派な一部屋を与えたのだ。

「昨夜の宴の話を聞いた女官たちが、自分も占ってほしいと言って、紅玉さんの部屋に集まってるんですよ。ほらぁ、女の子って占いが好きだから」

昨夜一番はしゃいでいた女の見事な説得力である。

「そう、何が問題なの？」

女官たちが楽しんでいるのなら、喜ばしいことではないか。

「いやそれが、初めは普通に平穏なことを占ってて、みなさん楽しんでたみたいなんですけど、途中から様子が変わって……不吉なことを予言し始めたんです」

「不吉……どんな予言をしているというの？」

玲琳が身を乗り出して尋ねると、葉歌は眉を顰めて声を低めた。

「今夜もまた、怪物が人を喰い殺す……と」

「はい、私は確かにそう予言しました」

紅玉に与えた部屋は玲琳や鍠牙や子供たちの部屋から離れていた。

その部屋を訪ねてゆくと、顔色の悪い女官たちがずらりと並び、その真ん中に紅玉が座していた。何も敷かず、冷たい床に座り込んでいる。その姿は彼女の神秘性と相まって奇妙だった。

「昨夜、人が喰い殺されたはずです」

「……そう聞いているわ」

「それは、世にも恐ろしい怪物の仕業なのです。そして、その怪物は今夜もまた人を喰い殺します」

紅玉は静かに言葉を重ねる。信じてしまうにはあまりに現実感がなく、笑い飛ばすには不吉すぎる言葉だ。

女官たちは一変して、化け物を見るかのごとき目で紅玉を見つめている。

玲琳の背筋をぞくぞくとしたものが駆けあがった。この女は――やはり面白い。

「ずいぶん楽しい予言だわ、詳しく聞かせてちょうだい。どんな怪物が、いつ、どこで、誰を喰らうというの？」

楽しいという言葉に、紅玉は一瞬驚きの表情を見せた。

「……お妃様は、本当に李彩蘭様がおっしゃっていた通りの方なのですね。ええ、私はかの女帝よりこの国への贈り物。お望み通り全てを占いましょう。私が予言したのはこの世のものとは思えないほど悍ましい怪物です。鋭い牙……恐ろしい爪……その姿は狼《おおかみ》に似て、次々と人を喰い殺してゆくのです。誰も止めることはできません」

楽の音《ね》にも似た紅玉の声に、女官たちは青ざめて聞き入った。

「どこに現れるの？　喰われるのは誰？」

玲琳が重ねて問うと、紅玉はゆるゆる首を振った。

「これがどこなのか、誰なのか、私には分かりません。暗い路地で人が喰われている姿だけが見えるのです」

「その人物というのは……」

「お妃様！　相手になさることはありませんわ！」

周りで青ざめていた女官たちが、玲琳の問いを遮った。

「そんな怪しい占い、信じるなんて馬鹿げています。そもそもこの国に、お妃様以上の怪物などいないというのに！」

あまりの言いように玲琳はじろりと女官を睨んだ。さっきまであがめていた占い師を罵倒する女官たちの表情は必死で、どうあってもこの占いを信じたくないという恐怖心がありありと見て取れる。

「どうせ昨夜の事件だって、泥酔者《でいすいしゃ》が野良犬に食われただけですわよ！」

そのやり取りを見ていた紅玉が、小さく笑った。

「そんなことを言われても困りますわ。だって私には見えるんですもの。この国は悍ましい怪物に襲われます。数多《あまた》の死者が出ることでしょう。私の予言が外れることはありません」

怪しい笑みと共に告げられ、女官たちは青ざめるどころか土色になった。

「……お妃様、この方を斎へ帰してしまいましょう。こんな恐ろしい予言をする人を置いておいたら、火琳様と炎玲様にどんな悪影響があるか分かりませんわ」

深刻な顔で訴えられ、玲琳がしばし思案していると、

「私は斎の人間じゃありませんわ。確かにしばらくのあいだ斎の李彩蘭様にお仕えしていましたが、私が生まれたのはここ……魁国です。ここは私のふるさと。他に帰る場所などありません」

「へえ、そうだったの」

「ええ、ですから私はこの国のためを思って予言したのです。私を信じていただきたいですわ」

そう言われても、女官たちの表情は緩まなかった。猜疑《さいぎ》の色がありありと浮かび、強い拒絶の意志をこめた眼差しが注がれている。

そんな中、玲琳だけが彼女の言葉を聞いていた。

「お前の言うことが本当ならば、襲われる民を助けなければならないわね」

「それは不可能です。その者が襲われるのは運命ですから、助けることはできません。その者は喰い殺されるとすでに決まってしまったのです」

「お前は占いで私の死を遠ざけたでしょう？　今度はできないというの？」

矛盾を追及するが、紅玉の微笑みは揺るがなかった。

「あの時とは状況が違います。お妃様の死を遠ざけることが私の運命でしたので」

「でもお前は自分を占えないと言ったわ」

「自分を占ったのではなく、お妃様を占ったのです。それを占うことが私の運命だと感じたのです」

紅玉は何を言っても言い返してきた。楽しくなり、玲琳は猛禽類《もうきんるい》のごとき鋭い目で紅玉を見下ろす。

「私をお疑いですか？　ここから追い出すおつもりですか？」

「安心なさい、お前を追い出すようなことはしないわ。私はね、お前のことがとても気に入っているのよ。悪いようにはしないから何も怖がることはないわ。だから……お前も私から逃れようなどと考えてはいけないよ？」

最後に玲琳は艶美な笑みを浮かべた。

そこで初めて紅玉はぞっとしたように凍り付き、言葉を失った。

「さあ、何かが起きるまで、ここでおとなしくしていてちょうだい。お前はお姉様からのいただき物なのだから、大切に大切に仕舞っておかなくてはね」

そう言い置いて、玲琳は紅玉の部屋を後にした。女官たちも後に続き、険しい顔で囁《ささや》き合った。

「怪しい占い師ですわね……何が目的なんでしょう」

「あの人はもしかしたら……詐欺師なのかもしれませんわ」

「嘘を並べ立てて、金銭を奪う目論見《もくろみ》があるという可能性も……怖いわ」

その声に、段々不安の色が混じってくる。

「お前たち、心配しなくていいわ。少なくとも私の目が届く範囲にいれば守ってやれるからね」

玲琳が鷹揚な微笑みを添えて慰めると、不安そうだった彼女たちはじーんと感動したように目を潤ませた。

「ああ……あの恐ろしいお妃様がこんなに頼もしく見える日が来るなんて……」

「一生ついていきますわ……！」

「でも、どうか私たちに虫は近づけないでくださいませ」

すがるように言われ、玲琳はからからと笑う。

「どうせならその怪物とやらがここを襲ってくれれば、話は早いのだけれど」

そうすればすぐに捕まえることができるし、被害も防げる。

しかし女官たちはぶんぶんと首を振った。

「どうせあんな占いは嘘に決まっています。怪物など、現れるはずがありませんわ」

「……どうかしらね」

言いながら、玲琳はわずかに唇の端を持ち上げた。

斎から送り込まれた占い師が怪物の出現を予言した――この話は瞬く間に王宮中へ広まった。誰も彼もこの噂《うわさ》でもちきりになり、はたして本当に怪物は現れるのかと、皆が想像の翼を広げる。

そんな中、玲琳も少しばかり気分を高揚させていた。

見たこともない怪物ならば、見てみたい。襲うなら、自分を襲ってくればいい。彼女の占いは、はたして本当なのか嘘なのか……

答えはその日の深夜に出た。

「昨夜、裏街の通りに狼のような怪物が出現して人々を襲った――という知らせがありました」

翌朝、玲琳がいつも通り鍠牙の部屋で目を覚ますと、物々しい雰囲気の男がすぐさま押し掛けてきた。鍠牙の忠実なる側近の姜利汪《きようりおう》である。

その知らせに、玲琳は一瞬で目が覚めた。

昨日のことを思い出す。紅玉の不吉な占いを……

「お妃様、何をなさったのですか？」

利汪は険しい顔で玲琳を睨んだ。

玲琳は一瞬彼が何を問うているのか分からず、代わりに鍠牙が反応した。

「どうした姫、何かの腹いせに無辜《むこ》の民を襲ったのか？」

どうやら彼らは玲琳を疑っていると見える。どうして誰も彼も自分を通り魔みたいに言うのか……納得がいかない玲琳だった。

「私は何もしていないわよ」

「ではこの事件は……野良の怪物が現れて人々を襲ったということ……ですか？」

野良の怪物とはいったい何だと玲琳は首を捻《ひね》ったが、野良ではないと決めつけることもなかろう。

「そうね、野良の怪物もこの世にはいるかもしれないけれど、何者かに使役《しえき》されている怪物ということもあるでしょうね。その怪物に人が喰われた？」

「……そう報告を受けています」

「一昨日の夜と同じように？」

「……一昨日の事件も報告は受けています。巨大な獣に食いちぎられたような傷跡だったと……」

利汪は被害者を悼《いた》むようにぐっと唇を嚙みしめた。

「紅玉の占いが当たったわね。怪物が、人を襲って、喰った」

「あの噂か……占い師が不吉な予言をしたというのは本当だったんだな」

鍠牙が感心したように口を挟んでくる。

「お前の耳にも届いていたのね」

「王宮中に今この噂を知らない者はいないだろうよ」

彼は軽く肩をすくめてみせた。

「占いの真偽はさておき、被害者が出たのは紛れもない事実だ。つまり今、この王都に怪物が潜んでいるということだな」

そう確認され、玲琳は不謹慎にもにたりと笑ってしまった。

「ふふ……面白いわ」

「面白くなどありません」

利汪が不謹慎を咎める。

「まあ怒るな、利汪。姫、犯人はあなた以外の蠱師ということか？」

鍠牙が話を進めようと聞いてきた。

「その狼のような怪物というのが蠱であれば、そういうことになるわね」

「なるほど、放っておくわけにもいかんだろうな。正体の知れない怪物が都に潜んでいるとなれば、民が安心して暮らせないだろう」

「そうね、私の出番でしょうね」

玲琳は寝台の端に腰かけたまま軽く足を組んだ。

「やってくれるか？」

「ええ、不謹慎の詫《わ》びに、怪物とやらをこの手で捕まえてあげるわ」

宣言して胸を押さえた玲琳をじっと眺め、鍠牙は一つ頷いた。

「まあ、心配だがあなたに任せることとしよう。怪物を害せる怪物がいるとは思えんからな」

しれっと妻を怪物扱いする無礼な夫に、玲琳は冷ややかな視線を返す。

「そういう無礼な男には……」

いつも通りのやり取りをしていたその途中、突然部屋の入り口から人が飛び込んできた。

「玲琳様！　話は聞きました、あの噂は本当だったんですね。怪物退治をなさるのなら、ぜひ俺にお供をさせてください！」

少年のように目を輝かせて叫んだのは、王子炎玲の護衛役である風刃だった。彼の腕には、何故か炎玲がしっかと抱きかかえられている。

「僕もつれていってください、お母様」

炎玲も、ぶらんぶらんと揺らされながらそう言った。

玲琳は膝に頬杖をついて一考し、答える。

「ダメよ、炎玲は連れていかないわ。お前はまだ幼いから、夜遅くまで起きてはいられないでしょう？　あと二年経ってから言いなさい」

宙ぶらりんの炎玲は、目に見えてうなだれた。

「じゃあ俺ならいいですよね。俺が玲琳様の怪物退治をこの目で見て、炎玲様に一部始終をお伝えしますよ」

風刃がなおも言った。その言葉で、炎玲はぱっと顔を上げた。この王子は護衛役を心から信頼しているのだ。

「そうね……お前ならいいわ。私一人で出歩くと口煩《くちうるさ》い男がいるから、供の者は必要よ。炎玲が貸してくれるというのなら、お前を借りるわ、風刃」

「いいよ、僕の風刃だけど、お母様にかしてあげます」

炎玲はにこっと笑った。

「風刃、お母様のおてつだいをがんばるんだよ」

「承知しました」

風刃はドンと胸を叩く。その振動を体に感じた炎玲が目を丸くした。

そのやり取りを蚊帳《かや》の外で見ていた鍠牙が、やや不機嫌そうな顔になっている。他の人には分かるまいが、心の狭さで人後《じんご》に落ちないこの男は、息子のお気に入りにヤキモチを焼いていると見える。もっとも、彼が不機嫌であることを見抜けるものは自分以外にいまいが……

玲琳は傍らでむくれている鍠牙の膝をぴしゃりと叩いた。

「ではこれで話は決まったわね。この私が蠱師として、民を襲う怪物を捕まえに行くわ。来なさい、風刃」

玲琳は立ち上がった。

「心当たりがあるのか？　姫」

「この後宮には今、怪物の襲撃を予言した占い師がいるではないの」

にんまりと笑い、玲琳は部屋を出た。

訪れたのは、紅玉に与えた部屋である。部屋に入ると、床に座して何かに祈りを捧げていた紅玉は、啞然《あぜん》として玲琳を見上げた。

玲琳はいまだ寝間着のままだったし、そんな姿で出歩く貴人など少なくとも斎の後宮にはいなかっただろう。

「お前の予言した怪物が見事現れたわ、次の出現場所を占いなさい」

挨拶もなしにそう命じる。紅玉はしばし呆《ほう》けていたが、次第に調子を取り戻して柔らかく首肯《しゅこう》した。

「私の言葉を信じていただけて嬉しく思います、お妃様。魁国は私にとっても大切なふるさと、怪物に荒らされるなど本意ではありません。ちょうど今朝、夢で未来を見たところなのです。私の夢は予知夢で、外れることはありません。怪物は今日の深夜、また都に現れます」

あまりに都合よく新たな予言をもたらされ、玲琳は思わず笑いそうになった。

「今度はどこで、誰を襲うの？」

「昨日も申しましたが、それを特定するのは難しいのです。私に見えているのは、怪物が赤い橋の上で女を襲う姿だけです」

と、紅玉は悲しげに首を振る。

「赤い橋……それが出現場所なの？」

赤い橋など近くにあっただろうかと玲琳は記憶をたどるが、そもそも王宮から出歩くことが稀なのだから、知らぬ場所の方が多いのである。

「ええ、赤い橋に怪物は現れます。ですが、それがどこだかは……」

「南橋《みなみばし》ですよ。都で赤い橋はあそこだけです」

とっさに口を挟んだのは、後ろに控えていた風刃だった。彼はいささか興奮した様子で、鼻息が荒くなっている。

「そこに怪物が出るということね？」

「私はその橋を知りませんので何とも……」

「行けば分かるわ。今夜そこへ行ってみましょう」

「私もお供いたしましょうか？」

紅玉は胸に手を当て、真摯《しんし》にそう申し出た。

この女は本当に何者なのだろう？　玲琳は彼女を見下ろし、不思議な気持ちになった。自分は今、まぎれもなくこの女に動かされている。確かにどこかへ導かれている。この女はいったい、自分に何をさせるつもりなのか……得体の知れぬ女を前に、玲琳は優しく微笑んだ。

「言ったでしょう？　私はお前がとても気に入っているのよ。大切なものは箱に仕舞って蓋をしておかなくてはね」

そう言って部屋を出る。紅玉は扉が完全に閉まるまで、玲琳の姿を瞬きもせずに見つめていた。

その夜、玲琳は久々に王宮を出た。

蠱師として、民を襲う怪物を退治するために。

供としてついてきたのは風刃と、御者が一人。馬車で南へ向かうと、目的地から少し離れた場所に馬車を止め、しばらく歩く。

「ここが、赤い橋なの？」

足を止めて手燭《てしょく》の明かりを向けてみれば、ぼんやりと見えるのは大きな橋だ。時刻は深夜、人通りは全くない。夜空には厚い雲がかかり、月は完全に姿を隠している。

「真っ暗ですね、ほとんど見えないけど、昼に見れば赤いんですよ。とっても綺麗な橋で、観光地としても有名だったはず」

風刃がつらつらと説明するが、何故か今夜の彼はいつもより表情が硬い。そういえば、同行を申し出た時から異様に興奮していた様子だったと思い返す。緊張しているのだろうかと玲琳は彼の動向をうかがった。いつもの彼ならもっと夢中で怪物退治を楽しんでいるはずだが、何か気にかかることでもあるのか……

「怪物が早く現れるといいですね」

玲琳の心配を知りもせず、風刃は急《せ》かすように言う。手燭の明かりに浮かぶその表情はやはり硬い。

とはいえ、あまり彼のことばかり気にしてもいられないと、玲琳は周囲を見回した。

「少し辺りを歩いてみましょう」

静かな深夜の街中を、あちらこちら観察しながら歩き出す。その背後を、風刃はぴったりとついてくる。彼と二人きりになるのは久しぶりだと、玲琳は不意に思った。

風刃と出会ったのは玲琳が懐妊している最中だ。玲琳の犬になりたいと、彼は突然言ってきたのである。その時のことが鮮明に浮かんだ。この男は出会った時からおかしな男だったのだ。

「ねえ、風刃。お前はどうして私が好きなの？」

歩きながら振り返り、玲琳はふと聞いていた。

何故今こんな質問をしてしまったのか自分でも不可解に思ったが、どことなくいつもと違う彼の様子を見ているうち、そんな問いが零れてきたのである。

風刃はきょとんとし、玲琳の心中を知ってか知らずか、ははっと笑った。

「お妃様が気持ちの悪い蠱師だからですよ。俺は気持ちの悪いものが大好きなんです。って……ずっと前から言ってるじゃないですか、何で今更？」

笑っているくせに、彼の表情は奇妙なほど歪《いびつ》に見えた。緊張している？　いや……怯えているのかもしれない。

そんなことを考えながら、玲琳は話を続けた。

「お前が気持ち悪いものを好きなのは知っているわ。でもお前は、そういう自分を誇ってはいないでしょう？　お前は同僚や女官たちの前では、気持ちの悪いものが好きだという素振りを見せない」

　すると風刃は急に足を止めた。玲琳もつられて立ち止まる。何故か急に、彼の持つ手燭の明かりが弱まった気がした。風刃の顔は闇に隠れ、彼がどんな表情をしているのか分からなくなった。それでも玲琳は言葉を紡ぎ続ける。

「お前は気持ち悪いものが好きな自分を好きではないでしょう？　なのに何故、それでも私を好きなのかしら？　私は時々、お前が本当は私を疎《うと》んじているのではないかと思うことがあるのよ。ねえ……お前は何故、気持ちの悪いものが好きなの？」

「だから……何で今、そんなこと聞くんです？」

　いつもの軽やかさに比べて彼の声は重かった。彼の疑問はもっともだ。風刃が玲琳の前に現れてから、もう五年以上経っている。しかし玲琳は今までこのような質問をしたことは一度もなかった。

　何故今こんな質問をしたのだろう……玲琳はもう一度改めて自分に問いかけ、一つの答えらしきものを見出した。

「お前が炎玲の護衛役だからよ」

　そう言った途端、風刃の表情が変わったような気がした。ただ、やはり暗闇に沈んでいてはっきりとは見えなかった。

「炎玲は……あの子は王にならないわ、あれはそういうことに向いていない。その代わり、あの子はこれから蠱師の修行をすることになるのよ。だからお前がその邪魔になるようなら、排除しなければならないわ。私は、お前が私たちに向ける感情の正体を——それを知りたいと思ったのよ」

だから聞いたのだと告げると、衝撃を受けた風刃が頬を引きつらせるのが見えた。

「……俺が玲琳様や炎玲様を裏切ると思ってるんですか？　あなた方をお慕いしてるってのは、嘘だと思ってる？」

彼がずいぶん酷い顔をしているので、誤解させてしまったかと玲琳は言い直した。

「はっきり言えば、私はお前が私を好きだろうが嫌いだろうがどうでもいいわ。裏切ろうと裏切るまいとどちらでも構わない。お前がどうであろうと、私はお前を気に入っているし、お前が可愛くて大切なの。ただ、そういう者が傍にいると炎玲の修行の邪魔になるかもしれないわ。だから、お前が私たちを嫌いなら、お前を炎玲の護衛役から外して私の護衛をしてもらうわ」

それを聞くと、風刃は目を真ん丸くした。

「王宮から追放……とかじゃないんですか？」

「どうして私が、私のお気に入りを手放さなくてはならないのよ。お前は炎玲の護衛役だけれど、私の犬でしょう？　私の物よ、手放さないわ」

途端、彼は奇妙に歪《ゆが》めた口元で笑った。泣き出しそうなのを堪えたようにも見える。

「……あなたを好きなのは本当です。炎玲様が大事なのも本当です。俺は……本当に気持ちの悪いものが好きで好きで仕方がないんですよ。理屈じゃなく、ただ好きなんだ。俺は……呪われてるんです」

その言葉に玲琳の眉はぴくりと動く。

「呪い？　まさかお前、どこぞの蠱師にでも呪われているの？　言ってごらん、私ならどんな呪いでも解いてあげるから」

鋼の強さで玲琳は命じた。

風刃は一瞬、その強さに縋《すが》るような目をした。全部こちらに放り投げてしまいたいとでもいうような……

「……ガキの頃……」

喉の奥から声を振り絞って彼がそう言った時、遠くから人の声が聞こえてきた。

二人ははっとして同時に振り向く。赤い橋を、数人の人影が渡ろうとしている。

「玲琳様！　この話は後で！」

言うなり彼は玲琳の手を引いて駆けだしていた。向かうのは赤い橋。彼の中に玲琳を安全な場所で保護するという発想は無論ない。彼は玲琳を傷つけられるモノなどいないと知っている。

赤い橋へと駆け寄ると、橋を渡っていた人物が二人に気づいた。

顔を隠すように頭から布を被った五人の男女。

そのうちの一人が前に出て、持っていた杖《つえ》を突きつけてきた。

「あんたたちかい？　あたしをこんなところへ呼び出したのは」

はっきりとは分からないが、二十代と思しき女だ。彼女は酷く攻撃的な雰囲気で、こちらを睨んでいる。

「金に目がくらんだのが運のつきだね、あたしを脅そうなんていい度胸だよ。二度とこんなことができないよう、川に沈めて……」

女の言葉が最後まで吐き出されることはなかった。瞬きするほどの短い間、その場を黒い何かが通り過ぎると、次の瞬間にはもう女の首は胴体と別れを告げ、目の前から姿を消していた。

残された首の切断面から、すさまじい勢いで血が噴き出した。滑稽な夢でも見ているかのように現実感がなく、誰もが呆けた。

そんな中、最も早く感覚を取り戻したのは玲琳だった。ぞっとするような気配を感じ、振り返ると、そこに黒々とした異形《いぎょう》が佇《たたず》んでいた。

一言で形容するなら狼。漆黒の毛並みを揺らし、赤々と燃える四ッ目でこちらを見ている。牛ほどの大きさがあるその体軀は闇夜でも黒々と発光してくっきりと見えており、浮世離れした……美しくすらあるその姿。そして深く裂けた口元からは短剣のような牙がずらりと覗き、その隙間に失われた女の首が収まっていた。

「犬神……！」

玲琳は思わず声を漏らしていた。

あまりの驚きに瞬きすらできず、ただただ呆けてしまった。気づけば口元が笑っていた。

犬神というものがある。蠱術により生み出される呪物。正真正銘の蠱。目の前に立っている怪物は、まぎれもなく蠱術の産物たる犬神だった。

玲琳は今まで、犬神というものを見たことがなかった。特殊な造蠱法《ぞうこほう》を必要とするため、師である母は犬神を作ってみせてくれたことはなく、犬神の絵を描いて玲琳に教えてくれた。目の前に佇む獣の姿は、まさに母が描いた通りの姿だった。

あらゆる智《ち》とあらゆる毒を持つ母は、犬神をこう評した。悪虐の権化――と。

「何て美しいの……」

見入っていたその時、突然摑まれていた手を強く握られた。その痛みで我に返り横を見ると、風刃が玲琳の手を握りしめて犬神を見ていた。いつもの少年めいた顔ではない。信じられない――というように、限界まで目を見開いて凝視しているのである。

玲琳が今までに一度も見たことがない――いや、風刃が今までに一度も見せたことのない顔だった。

「……あいつだ……！　怪物はやっぱりあいつだったんだ！」

立ち尽くす人々の前で、犬神は巨大な口を開けた。ぼとりと湿った音を立てて首が落ち、転がる。

グアアアアアアアアアルルルルルウウウウオオオオウウウウウ!!

咆哮《ほうこう》が夜空に轟《とどろ》いた。

途端、今まで自失して立ち尽くしていた男たちが悲鳴を上げた。

男の一人は失神し、一人は腰を抜かし、一人は逃げようとして川に落ち、最後の一人は完全に我を忘れて犬神に突進したのである。

「おやめ！」

玲琳はとっさに叫んだ。

しかし男は玲琳の声など聞いておらず、犬神の牙へ己の首を差し出そうと突っ込んでゆく。

玲琳はちっと舌打ちして風刃の手を振り払い、腕を揺らす。すると袖口から大きな蜂が飛び出して、夜空を高速で舞い、死地へ向かう男の首筋を針で刺した。

男はあっという間に足をもつれさせて昏倒《こんとう》し、身動き一つしなくなった。

しかし犬神は、目の前に倒れた獲物に四つの眼差しを注いでいる。深く裂けた口ががぱっと大きく開かれた。

「やめなさい、そんなものを喰ったら腹を壊すわ」

玲琳は凜とよく通る声で話しかけた。すると犬神は、ぴたりと動きを止める。

「ふふ……あはははははは！　本当に素敵だわ、なんて美しいの」

狂気に瞳を染めて、玲琳はうっとりと笑い、そして己の喉を押さえた。ぐうっと吐き気がこみあげ、腹の奥からせりあがってくるものを外へ出そうと上を向く。すると、小さな口を通ったとは思えぬ巨大な百足《むかで》が、ギチギチと脚を動かしながら外へ這《は》い出てきた。吐き出す最後にわずかな声をあげ、玲琳は己の身の内で飼い慣らした愛しい蟲を出現させる。蟲毒の里の里長が代々継いで力を注ぎ続けてきた特別な毒百足。玲琳が現在有する蟲の中で、もっとも高い攻撃力を持つ蟲だ。

「いい子ね……あれが欲しいの。あなたの牙でずたずたに切り刻んで、私の目の前にあれを捧げてちょうだい」

ゆったりと手を持ち上げて犬神を指さす。それを合図に、巨大な毒百足は犬神へと襲い掛かった。

犬と百足は互いを敵と認識し、喰らいつき、もつれあった。

轟音《ごうおん》を立てて暴れまわり、橋を破壊する。

戦いの場は川の中へと移り、激しい水飛沫《みずしぶき》が辺りを濡《ぬ》らす。

両者の力は拮抗《きっこう》していたが、次第に形勢が傾いた。毒百足はその硬い表皮にいくばくかの傷を負う程度だったが、犬神は全身を嚙まれ、千切られ、赤い血を垂れ流している。

このまま押せば玲琳の毒百足が勝つ。それが見えたところで、突如犬神は飛び退《すさ》った。毒百足の牙を逃れ、踵《きびす》を返し、一目散にその場を逃げ出したのである。

しまった――！　と思った時には遅かった。玲琳の毒百足は強いが、速く走ることには長《た》けていないのだ。あれを追いかけて止《とど》めを刺せるほどの速さと力を持つ蠱を、玲琳は持っていない。

犬神は屋根から屋根へと跳躍《ちょうやく》し、あっという間に見えなくなった。

残っているのは、正気を失った男たちと、呆けて佇む護衛官。そして女の死体が一つだけ……

「あーあ、大惨事じゃないですか」

突然背後から呆れ声がして、玲琳は飛び上がった。

勢いよく振り向くと、置いてきたはずの女官の葉歌がそこに立っていた。

いつの間に――と思ったが、彼女が玲琳を傍で監視しているのはいつものことだ。

馬車の上にでも乗ってついてきたのかもしれない。

「ほんとお気の毒に……死体の処理、しなくちゃいけませんねえ」

やれやれ面倒だとでも言いたげに、葉歌は浅く短いため息を吐く。

「さあ、お妃様ができることはもうありませんから、今夜は後宮へお帰りになってくださいまし。逃がしてしまったものは仕方ありませんもの。後は私が差配しますわ」

しっしと犬猫を追い払うような仕草で追いやられ、玲琳はやむなく犬神の追跡を諦め、一旦戻ることにした。

呆然《ぼうぜん》と立ち尽くす風刃の手を握り、馬車まで引いてゆく。彼の顔はまさしく幽鬼に出会ったかのようで、いつもの彼とは全く違っていた。風刃が何かに怯えるところを、玲琳は今までに見たことがなかった。そもそも、ここへ来る前から彼は様子がおかしかったのだ。もしかすると――

馬車に乗り込み、玲琳は彼を目の前に座らせて問い質《ただ》した。

「お前、あの犬神を知っているの？」

その問いに、青い顔で俯《うつむ》いていた風刃の拳が震えた。

やはりそうなのだと確信するに足る反応だった。

「心当たりがあったから怪物退治の供を申し出たのね？　あれはお前の何なの？」

玲琳は厳しく追及した。しかし、風刃は硬く口を閉ざして身動き一つしようとしない。玲琳は少し待って――待つのをやめた。

「風刃……私はお前が可愛いし、とても大切に想っているわ。けれど――私がいつでもお前に優しくしてやるなどと思わない方がいい。この状況でお前が口を閉ざし続けることを、私が許すと本気で思っているのなら、お前は私を甘く見過ぎている」

どこまでも冷ややかに、一分《いちぶ》の情も感じさせることなく告げる。

「私はどんな手を使ってでも、お前が知っていることを吐かせるわ。隠しても無駄なのだから今すぐに全て吐き出しなさい」

そう命じると、彼はとうとう観念したように深い息をついた。

「……俺は裏街育ちです」

そう切り出す。何の脈絡もなかったが、玲琳は受け取るように頷いた。

「知っているわ」

玲琳がこの男と出会ったのもそこだ。裏街……そう呼ばれている町がある。都の外れにあるうらぶれた街。色と虚飾と力と貧しさを内包する特異な場所。本当の名を呼ぶものはほとんどいないという。

「俺が十一歳の頃、親が死にました。俺と姉ちゃんの前で……親父《おやじ》は死んだんです。俺の親父は……あの怪物に喰われたんだ！」

風刃は血を吐くように言い、ぎりと歯嚙みした。

玲琳はそれを聞いて目を見張った。

「つまり、あの犬神は十……三年くらい前から存在していたということ？　お前の見間違いという可能性は？」

「ないですね、絶対ない。ありえない。見間違えるわけがない」

彼は荒々しく即答した。いささか投げやりなその言い方が少し気になった。

「何故そう思うの？」

率直に問いかけた玲琳に、今度の彼はすぐ答えようとしなかった。

唇を引き結び、決して言ってはいけない……しかし今すぐにでも吐き出してしまいたい……そんな何かを持て余して迷っている様子が見て取れる。

「言いなさい。私は全て受け止めるわ」

欠片《かけら》の優しさもなく、傲然《ごうぜん》と命じた。すると、風刃は噛みしめていた歯を緩め、凍える息を吐き出すように言葉を零した。

「親の仇《かたき》を見間違えるわけがない……」

嘘だ――と、すぐに分かった。彼は最後の最後で、玲琳に心の奥底を明け渡そうとはしなかったのだ。

「玲琳様……アレを殺すなら……俺に止めを刺させてはもらえませんか？」

妙に据わった目で風刃は言う。

なるほど、仇に止めを刺したいというのは至極分かりやすい話だ。この言葉、はたして受け入れるべきか否か――玲琳は黙考する。そして確かな答えを出した。

「お前には無理よ」

「無理は承知です。死ぬかもしれないことだって分かってる。だけど俺は……アレを殺すためにあなたと出会ったのかもしれないんだ……」

その瞳に淀《よど》んだ闇が満ちているのを感じる。それを愛しく思ってしまう自分という女は何と残酷なのだろうと思いながら、玲琳は彼の言葉をあっさりと否定した。

「いいえ、違うわ。お前が私と出会ったのは、私の息子を守るためよ。お前は死んではならないの。だからお前には無理なのよ」

途端、風刃はきょとんと眼を丸くし、ややあってくっと笑った。

「やっぱり俺は、あなたが好きだなあ……」

そんな風に軽口を叩く彼の姿はいつも通りだったが、その皮膚の内側に、今までとは違う激しい感情が渦巻いているのを玲琳は感じていた。この男は諦めていない。親の仇を討つと、どうやら決意しているらしい。

しかし、可愛い犬を死地へ送り込むような真似《まね》など、玲琳には到底許せるはずもないのである。いくら求められても、答えは無理だの一つである。

どうにもおかしなことになってしまった。さていったい、この国に――自分たちの周りに――何が起こっているのか？　それは未だ分からない。

風刃が玲琳に従って王宮へ戻ってきたのは明け方だった。

王子の護衛役である風刃は、後宮の一角に自分の部屋を与えられている。

いつでも王子の傍に駆け付けられるよう、許可なく遠くへ行くことはできない。無論、四六時中傍にいることは不可能だから、就寝のあいだは別の護衛官が炎玲を守っているのだが、それ以外の時間は常に風刃が炎玲の傍に侍っている。

故に、炎玲が生まれてから風刃がこんなに遠くへ離れていたのは初めてだった。

激しい運動をしたわけでも、厳しい戦いを潜《くぐ》り抜けたわけでもないのに、風刃は疲れ切って自分の部屋へたどり着いた。しかし、部屋の前に立っていた人物を見た途端、疲労はどこかへ吹き飛んだ。代わりに湧いてきたのはびりびりと痺《しび》れるような闘争心だった。

「人の部屋の前で何やってんだ、てめえは」

吐き捨てるように問いかける相手は、風刃にとって天敵ともいえる同僚、王女の護衛役でもある苑雷真だった。

相変わらず嫌味なほど整った顔立ちと、うんざりするほど生真面目そうな顔つきだ。そんな男が仁王立ちで風刃を迎えているのである。そもそもこの男はいつからここにいたのだろう？　まさか昨夜からずっと待っていたのか？　だとしたら色々通り越して、もはやただの馬鹿じゃないのかと風刃は呆れる。

「そういう貴様こそ、王子殿下から離れて何をやっていた」

「玲琳様のお供をしてただけだ。っつか、てめえに関係ねえだろが」

「関係なくはない」

ぴしゃりと言い切られ、風刃は少し苛立《いらだ》った。

「はあ？　何だよ、俺の心配でもしてたって？」

からかうように言ってのける。が——

「ああ、心配していた」

雷真は眉一つ動かすことなく肯定してみせたのである。

風刃はさすがにたじろいだ。

「……てめえは俺が嫌いなんだろうが」

「ああ、私は貴様が大嫌いだ。だが、嫌いな者を心配して何が悪い。危険な場所に行った相手を案じるのは普通のことじゃないのか」

わずかの揺らぎもなく、言葉を重ねてゆく。風刃は思わず苦い笑みを零した。

「俺はさあ……てめえのそういうところがマジでほんとに死ぬほど嫌いなんだわ」

表情を隠すよう、目のあたりに手をやって吐き捨てる。もちろん、そんな言葉が相手を揺るがしもしないことは知っている。

「貴様が私を嫌いだろうが何だろうが、貴様に万一のことがあれば炎玲様も火琳様も悲しまれる。貴様が無事でよかったと、私が思う理由はそれで十分だ」

こういうことを平気で言う。この男の真っ直ぐさがいつも風刃を打ちのめす。

感情が喉の奥からせりあがり、風刃はとっさに雷真の胸ぐらを掴み上げていた。

雷真は驚いた顔をしたが、いつもみたいに怒りはしなかった。

「……何かあったのか？」

「だからてめえには関係ねえって……」

「風刃さん！」

叫び出す寸前、風刃は甲高い声に名を呼ばれてはっと我に返った。

王子と王女のお付き女官である秋茗が、走ってきて風刃の腕を掴んだ。

「お妃様と戻ってきたって聞いたから……。何してるんですか、こんな遅い時間にこんなところで喧嘩《けんか》しないで」

そう諭され、みるみる気持ちが鎮まってゆく。秋茗の優しく真摯な瞳は、涼風のごとく風刃の激情を冷ました。風刃は雷真から手を離し、黙って部屋へ入ろうとした。

「待て、風刃。きちんと説明しろ。貴様はどう見ても普通じゃないぞ。何かあったんだろう？」

今度は雷真が風刃の腕を掴んで引き止めた。

せっかく収まった激情がまた呼び起こされ、煩わしさに怒鳴りたくなる。今こいつを殴らなかったら俺は死ぬかもしれない――とさえ思った。しかし、

「雷真さん、手を離してください」

秋茗が冷ややかな声で言った。彼女はきつい目で雷真を睨みつけている。

「疲れて帰ってきた人に、何をさせようっていうんです？　少しは相手のことを思いやってみては？」

正論を刃にしてどてっぱらを刺し貫くような物言い。しかしそれでも怯《ひる》まないのが苑雷真という男だった。

「私は心配しているんだ」

「ならばなおのこと風刃さんを休ませてあげてください。あなたの独善に付き合わせないで」

正論の刃で再び刺され、雷真は今度こそ返す言葉を失った。

「風刃さん、どうか休んでください。お妃様のお供、お疲れさまでした」

秋茗はこれ以上雷真が引き止めることはないとみると、風刃に向かって優しく笑いかけてきた。

「……うん、ありがとう」

風刃は肩の力を抜いて礼を言い、今度こそ部屋の戸を開けて中へ入った。

部屋の戸を閉めようとした時、彼女と雷真が向き合う姿が目に入る。二人は剣呑《けんのん》な目つきで睨み合っている。風刃はとっさに秋茗の腕を引っ張り、部屋の中へと引きずりこんだ。戸を閉める寸前、雷真の驚いた顔が見えた。

「ざまーみろ……」

風刃は力なく呟く。引っ張り込まれた秋茗は呆れ顔で風刃を見上げた。

「どうしたんですか？　風刃さん」

「……疲れたから、一緒にいてもらおうかと思って」

「火琳様と炎玲様がお待ちなので、あんまり長居はできませんよ？」

「ちょっと話を聞いてくれるだけでいいよ」

「しょうがないなあ……少しだけならいいですよ」

秋茗は小さく笑った。その顔を見ていると、風刃はいつも安心感を憶《おぼ》える。体を張って自分を育ててくれた姉のことを思い出す。

風刃が寝台にごろんと横たわると、秋茗は躊躇《ためら》いなくその端に腰かけた。

「秋茗は姉ちゃんに似てるんだよな」

「そうですか、私は風刃さんといると弟たちを思い出します。手がかかるんだから」

深夜、男の部屋に二人きり。その状況でも秋茗は落ち着き払っていた。この子は風刃が自分をそういう対象として見ないことを知っている。同じ裏街で育ち、同じ痛みを知っている同志。血が繋がらないだけの兄妹《きょうだい》みたいな関係。だから風刃は秋茗に安心していられる。

秋茗は傍らに座ったまま何も聞かなかった。風刃は彼女の手を握り、ぽつりと零す。

「親父を殺した怪物がいた……」

頭にこびりついて離れないのは、黒々としたあの怪物の姿だ。

秋茗はその言葉に驚愕《きょうがく》の表情を浮かべた。彼女は風刃が親も姉も亡くしたことを知っている。

「風刃さん……」

「平気だ。あれに再会できてよかったよ。俺はきっと……このためにここへ来たんだ。俺がアレを殺すんだ」

思いつめたようなその言葉を聞きながら、秋茗はいつまでも風刃の手を握り返していた。

第二章　悪虐たる魔女の受難

「紅玉の占いがまた当たったわ」

玲琳は鍠牙の部屋で夫にそう言った。彼はずっと起きていたようで、長椅子に座って玲琳を出迎えた。この男は玲琳がいなければまともに眠ることができないのだ。

「怪物の正体は犬神よ。あんな危うい蠱、初めて見たわ。私のお母様はあれを悪虐の権化――と呼んでいた」

「悪虐の権化？　そんなに危険な蠱か？」

「あれはね……特殊な造蠱法ゆえに憎悪を極限まで煮詰められた蠱なのよ。異常なほど攻撃的で、執念深く、危険な存在だと教わったわ」

「……参考までに聞くが、どうやって作るんだ？」

鍠牙が――いや、一般人が知っている最も有名な造蠱法といえば、百蟲を甕《かめ》に入れて喰らい合わせるというものであろうが、無論造蠱法は無限に存在する。

玲琳は母の言葉を思い出し、紡いだ。

「飢えた犬を土に埋めるわ。首だけ地上に出して、体を完全に埋めてしまうの。犬の目の前には餌《えさ》を置く。そうして犬が飢えて弱ったところで、首を切り落とすのよ」

その説明に鍠牙は顔をしかめた。

「なるほど……悍ましいな」

「そうでしょう？」

対する玲琳は甘美な光景を想像するかのようにうっとりと微笑んだ。

「紅玉は確かに犬神の姿を言い当てていたわ。あの女には先が見えているのね」

狼のような怪物――まさしく犬神そのものである。

しかし鍠牙は疑《うたぐ》るように眉を顰めた。

「あの予言を本気で信じているのか？」

「お前は信じていないの？」

「……どうかな」

と、鍠牙は言葉を濁した。

「そうねえ……それなら次を占わせてみましょう、次はどこで誰が襲われるのか。あの犬神は手負いだわ、次こそ捕らえられるでしょう」

玲琳が踵を返して部屋を出て行こうとした時、女官が客の訪れを告げた。許しを得て王の部屋へと入ってきたのは、まさに今会いに行こうとしていた占い師だった。

紅玉はその場に跪き、祈りを捧げるような礼をした。

「部屋でおとなしくしているよう言いつけたはずだけれど？」

「お妃様がお帰りになったと聞いて参りました。怪物がまた、現れたのですね？」

奇妙な神秘性を宿す瞳が優しく微笑む。

「ええ、お前の占いはまた当たったわ」

「信じていただけて嬉しく思います」

そう謝辞を述べ、紅玉はまた深々と頭を下げた。しかし彼女が頭を上げる途中、

「まあ、占いでなくても先を読む方法はあるけれど」

玲琳はそう言って、彼女の目の前にしゃがみこんだ。

「お前があの怪物を操る術者であれば、予言など容易《たやす》くできてしまうでしょうね」

優しく言いながら、紅玉の頰に手を触れようとする。その途端、紅玉は真っ青になって座したまま飛び退り、勢いで壁にぶつかる。

あまりの反応に玲琳はいささか驚いた。

「……見苦しいところをお見せしました。それで……お妃様は私があの怪物を操っているとお思いなのですか？」

紅玉は居住まいを正してそう聞いてくる。玲琳は一考し、小さく首を傾《かし》げた。

「確かめるのは簡単よ。お前の血を舐《な》めればいいの」

「血……ですか？」

紅玉は身を守るように己の体を抱いた。

「ええ、蠱師にとって血は重要なもの、それだけで色々なことが分かるわ。血筋や、そこに受け継がれる才も。血を舐めれば、お前が蠱師かどうかはすぐに分かるわ」

「……お断りします」

「何故？」

「人に直接触れることは、占い師である私にとって禁忌なので」

意外な答えに玲琳は目をぱちくりとさせた。なるほど、この占い師はそれゆえ幾重にも衣を纏っているのかと理解する。

「そう……それなら別に構わないのよ。私もお前が蠱師かどうかはさして問題ないと思っているわ」

「では……私をどうなさるおつもりですか？」

余裕のある態度をとっているが、紅玉の瞳には警戒の色がありありと浮かんでいた。

「私がお前に望むことは一つよ。全てを見通せる占い師の紅玉、犬神が次に出現する場所を占ってちょうだい。今度は誰が襲われるの？　新たな死を予言してみせなさい。お前が何者で、何をしようとしているのか……私はそれが知りたいのよ」

爛々と目を輝かせて、玲琳は紅玉に詰め寄った。

姉が送り込んできた占い師、その直後に起こった怪物騒動。無論ここには関わりがあると玲琳は感じている。それを見極めるのが、蠱師たる玲琳の役割なのだ。

紅玉はその圧に一瞬飲まれたようだったが、ぐっと体に力を入れて口を開いた。

「私もそのためにここへ参りました。昨夜、夢を見たのです。次に襲われる人を……その未来を……私は確かに夢で見ました。私の予知夢が外れることは決してありません。夢の中で犬神に襲われたのは……火琳王女と、炎玲王子」

直後、バキッと音がした。玲琳が怪訝《けげん》な顔で振り返ると、長椅子に座っていた鍠牙が手すりを摑んでいた。美しく彫刻を施された部分が無残にもへし折られているように見えるのは気のせいに違いない。

見なかったことにして、玲琳は今一度紅玉に対峙《たいじ》した。

「なるほど、今度は私の子供たちが襲われるというのね？」

「はい、間違いなく夢に見ました。十日後の夜、御子様《みこさま》方は犬神に喰われます」

紅玉の声は重たく沈んでゆき、独特の神秘性と不思議な説得力を感じさせる。

「そう、分かったわ」

「……驚かないのですね」

少し戸惑うように彼女は聞いてきた。

「別に驚きはしないわ、心配もしない。私の子供たちが、蟲に喰われることなどありえない」

「虫？」

「蠱術で生み出された蠱のことよ。蠱になるものは全て蟲だわ」

それが蠱術の原則である。犬神も蠱術で生み出された蠱であり、蟲なのだ。この女はそれを……知らない？

玲琳の疑念を知ってか知らずか、紅玉はわずかに思案して話を変えた。

「お妃様、王子殿下と王女殿下のお命を助けたいとお思いですか？」

「だとしたらどうだというの？」

話の流れと彼女の気配が急に変わった気がして、玲琳は神経を尖らせた。

紅玉は真っ直ぐ玲琳を見つめ返して、ゆっくりと唇を動かす。

「御子様方をお助けしたいのなら……方法は一つですわ。お二人が喰われてしまう前に、犬神を殺せばいいのです。それで全てが解決します。もう二度と、人々が喰われるようなことはないでしょう。蠱師のお妃様……あなたがあの犬神を殺すのです」

粛々と告げるその様は、どことなく仙女めいていた。

玲琳はわずかのあいだその姿に見入った。この女のこういう奇妙な気配を玲琳は不思議と好ましく思うのである。

この女は本当に何者なのだろう？　何のために玲琳のもとへやってきて、何をしようとしているのだろう？　紅玉は様々な占いをし、予言をし、その予言は確かに当たった。しかしその目的は……？

思案する玲琳の背後で、突如鍠牙が動いた。彼は無言で立ち上がり、紅玉の腕を摑んだ。めくれた袖から現れた白い肌に、鍠牙の指が食い込む。紅玉はたちまち顔色を変え、悲鳴を上げた。

「いや!!　放して!!」

振り払おうとするが、鍠牙の力は少しも緩まず、彼は無表情で紅玉を部屋から引きずり出した。

「待ちなさい！　どこへ連れていくつもり！」

玲琳は慌てて後を追いながら問い質した。しかし鍠牙は振り返りもせず紅玉を引きずってゆく。

「放してください！　お願いですから！」

紅玉はなおも叫ぶ。悲痛な声に辺りから女官たちが出てきて、その姿を目の当たりにし、仰天する。

あの鍠牙が――いつも鷹揚で穏やかで頼もしくも心優しいあの国王陛下が――女を引きずって歩いている。夢でも見ているのかと、彼女たちは啞然とするばかりだった。

鍠牙はその視線に構わなかった。そもそも、彼女らの存在になど気づいてすらいない様子である。

かなり歩き、普段は誰も入らない施錠された一室にたどり着くと、鍠牙は袂《たもと》から出した鍵で戸を開けた。ほとんど何もない狭い部屋で、その中心に狭い階段がある。

玲琳が嫁いで八年経つが、この部屋に入ったのは初めてだった。

鍠牙は一度紅玉から手を離し、そこに置いてあった手燭の明かりをつける。紅玉は腰を抜かしてへたり込み、鬼を見るような目で鍠牙を見上げた。

鍠牙はまた紅玉の腕を摑み、階段を降りて彼女を地下へと引きずり込んだ。玲琳も後を追う。

地下には広い空間があり、冷たい牢《ろう》が設えられていた。話には聞いたことがあったが、玲琳がここへ来るのは初めてだった。貴人を閉じ込めておくための牢だと聞く。

「鍠牙、何をするつもり？」

玲琳は厳しく問い質す。鍠牙はゴミを投げ捨てるみたいに紅玉を床へ放った。

「姫、この女を殺そうと思うんだが」

ちょっと出かけてこようと思うんだが——というくらいの軽さで彼は言った。

「……何故？」

「何故？　何故と聞くのか？」

鍠牙は無邪気さを感じさせる顔できょとんとした。

「当たり前だろう？　この女は火琳と炎玲を殺そうとしている」

「私はただ、予言しただけです！」

紅玉は弁明するように叫んだ。しかし鍠牙はその顔を見ようとすらしなかった。

「この女の占いは全て嘘だ。姫、あなただって分かっていたんじゃないのか？」

そう問いかけながらちょっと笑う。その笑みにぞくりとした。

「何を根拠にそんなことを言うの？」

「この女は少なくとも、怪物が犬神だということを初めから知っていた。あなたが途中から怪物ではなく犬神という言葉を口にしても、普通に会話を続けていただろう？犬神とは何かとか、あれは犬神なのかとか、そういう疑問を全く持つことなくな」

思いのほか冷静なことを言われて玲琳は面食らう。言われてみれば確かにそうだ。

「それに、未来を見ると言っていたが……昨日の夜は暗かった。あの暗さで南橋は赤く見えない。初めから南橋が赤いことを知っていなければ、あの予言はできない」

それはまた、玲琳には思いもよらぬ視点だった。

「確かに昨夜は暗かったわ。私が現場へ行った時も、橋の赤さは分からなかった」

その目で本当に未来を見たのなら、赤い橋に怪物が現れるなどという予言はできなかったはずだ。

二人の会話を聞いて、紅玉はみるみる表情をこわばらせた。

「そうだろう？　彼女は犬神を操って、南橋へ誘導した。この女は蠱師だ」

鍠牙は淡々と、はっきりとそう言った。

「というわけで彼女を殺そうと思う」

殺意を語っているとは思えぬほど、彼の口調は落ち着いていた。

どうやら本気らしい。予想してしかるべきことだった。この男――キレている。

子供たちが喰い殺されるなどと言われて、鍠牙が正気でいられるはずはないのだ。

この男はこの世の全てを集めたよりもずっと、子供たちの方が大切なのだから。

足元に投げ捨てられた紅玉は震えながら叫んだ。

「私はあんな怪物なんて知りません！　いやです！　殺さないで!!」

這いつくばって逃げようとした紅玉に、鍠牙は剣を抜いて突き刺した。切っ先が彼女の衣を床に縫い留め、逃亡を禁じる。紅玉は凍り付いて身動き一つできなくなった。

「お前を殺せば犬神とやらも止まるだろう」

「わ、私を殺せば恐ろしいことが起こります。きっとあなたは後悔なさるでしょう。どうか私を殺さないで……」

紅玉の声はかすれていた。額に嫌な汗がびっしりと浮かんでいる。

神秘性のある不思議な声が不吉なことを語っても、鍠牙はびくともしなかった。

「うん、つまらない言い訳はやめておこうか」

「言い訳ではありません！　確かな予言です！」

「お前は自分を占えないと言ったじゃないか、少し落ち着け」

ははは、と鎧牙は笑った。

言葉の通じぬ人外のモノを相手にしていると感じたのか、紅玉は泣きそうになりながら必死に首を振った。

「わ、私が蠱師だという証拠がどこにあるんですか」

「殺して血を舐めてみればいい。俺の妃ならそれで蠱師を見抜くな？　と笑いかけられ、玲琳は唖然とした。

順序がおかしいではないか、殺してから殺す根拠を得るというのか。

「鎧牙、お前が落ち着きなさい」

玲琳は剣で紅玉を縫い留める鎧牙の腕に手をかけた。

「この女は殺さないわ」

「……何故？」

返答次第ではこの怒りを玲琳に向けると言いたげに、鎧牙は聞き返した。

無論玲琳はその程度で怯みはしない。

「この女が、あの子たちに害をなすことなどありえないからよ」

「どうしてそんなことが言える？　あなたまで予言の真似事をし始めたのか？」

「くだらない冗談を言えるのは結構なことね。この女があの子たちに害をなさないと言えるのは——この女を送り込んできたのが私のお姉様だからよ」

その言葉に、鍠牙はほんの僅《わず》か目を見張った。とはいえ、その変化は小さく、彼がはっきりと心を動かしたとは言い難かった。

「お姉様は火琳と炎玲をとても可愛く思っていらっしゃる。利用価値のある姪《めい》と甥《おい》だと思っているわ。だからお姉様があの子たちに害をなすような人物を送り込んでくることなどありえないのよ。蠱師であろうがなかろうが、毒を秘めていようがいまいが、この女は敵ではないわ」

「お妃様……」

玲琳の言葉を聞き、紅玉が感極まったように零した。助けを求めるように玲琳を見上げる。玲琳が一歩でも離れたら、自分は目の前の男に殺されてしまうとでもいうように……。そしてその想像は、あながち間違ってはいないのだ。

「お姉様からの贈り物というだけで、私はこの女に味方すると決めている。この女を不当に殺すことは許さない」

「なるほどな、やはり殺しておこう」

何故そうなる。

「お前は馬鹿なの？　少し考えてみなさい。仮にこの女が子供たちの命を狙う術者だとしたら雇い主がいるはずなのだから、それを吐かせる前に殺すのは愚策よ」

無論玲琳は彼女が子供たちの命を狙っているなどとは思っていないが、この男を説得する根拠にはなり得よう。

そう言われて鍠牙はぱちくりと瞬きした。

「……確かにそうだ、みだりに殺すのは良くないな。さすがは俺の姫だ、いつでも大局を見ている。殺すのがダメなら……よし、拷問にかけよう」

素晴らしい思い付きだと言わんばかりにぽんと手を打つ。

玲琳は一瞬、鈍器《どんき》で殴れば人は失神するだろうか——などと、蠱師にあるまじきことを考えた。

面倒なことになってしまった。人を喰らう凶悪な犬神と対峙せねばならぬこの時に、重ねてこの男を抑えなければならないのか。はっきり言ってこの男が暴走してしまえば、犬神が運ぶ厄介事など鼻で笑い飛ばせるほどの甚大なる厄介事が待ち受けているのは明白である。

どうも鍠牙を慕う女官たちや臣下たちは彼のことを、恐ろしい蠱師の妻を制御して厄介事を回避している出来た夫と思っている節があるが、その真逆だというのが玲琳の言い分だ。

これほど危険で厄介で面倒くさい男は、三千世界を探してもいないだろう。それを玲琳だけが知っていて、玲琳だけが御《ぎょ》せるのだ。

「拷問はしない。そんなことをすれば、この女は自害するかもしれないわ。さっきも言ったでしょう？　黒幕を吐かせる前に死なせるのは愚策だと。それに、術者が死んでも動く蠱はいるわ。例えば一国の王の体の中とかに」

玲琳は彼の胸のあたりを指先でとんとつく。その内側に潜む悍ましい蠱を、もちろん鍠牙は理解している。彼の中に潜む毒蜘蛛は、玲琳が死ねば鍠牙を殺すよう命じられている。つまり、玲琳が死んだ後も動き、人を殺すことができるのだ。

「鍠牙、何度も言うけれど、お姉様があの子たちを害する者を送り込んでくるはずはないのよ。だからこの女は殺さないし、拷問もしない。蠱師かどうか確かめる必要もないわ」

「……うん、やはり拷問にかけた方がいいな」

彼の脳内でどういう会議が行われたか知らないが、再びその結論に行き着く。玲琳はこれ以上話しても無駄だと決めて、彼の額に手を伸ばした。体内に潜む毒蜘蛛に、鍠牙の行動を抑えさせようとする。

しかし、彼は顔色一つ変えることはなかった。ごく平静な様子で、冷ややかに紅玉を見下ろしている。

「拷問を受けたことはあるか？　俺は残念ながらする方もされる方も経験がない。未熟ゆえにやりすぎてしまうかもしれない。お前に被虐趣味がないのなら、すぐに全てを吐いてしまうことをお勧めしよう。いったい誰の命令で、子供たちの命を狙っているのか」

これはどういうことかと玲琳は動揺した。何故彼は苦痛を感じず平静にしているのか。玲琳に絶対服従するはずの毒蜘蛛が、玲琳の命令を無視している？

玲琳の驚きを放置して鍠牙は淡々と話を進める。

「さて、始めようか」

「わ、私は李彩蘭様からの贈り物ですよ！」

「だから何だ？」

鍠牙は小揺るぎもしない。

「こんなこと、彩蘭様はお許しになりません。斎帝国と戦をなさるおつもりですか!?」

「うんまあ、別に構わんが……お前はこの国への贈り物なのだから、王である俺の自由にしても構わんだろう？　この地下牢へは誰も来ない。俺がお前をどう扱ったところで、李彩蘭が知ることはないだろうな」

冷たく見下ろされ、紅玉は言葉を失った。絶望と称するにふさわしい色が、彼女の顔一面に影を落とした。

そこで玲琳はようやく理解する。玲琳の毒蜘蛛は確かに彼を痛めつけているのだ。ただ——この男がその痛みを無視しているにすぎない。痛いのなら、耐えればいい。ただそれだけのことを彼はやってのけている。文字通り死ぬほどの激痛に、彼はただただ耐えている。それだけなのだ。

その異常性に呆れ返り——緩みかけた頰を押さえた。

しかし明白な殺意を向けられた紅玉は笑うどころではなく、がたがたと震えながら最後の力を振り絞り鍠牙を睨み上げた。

「楊鍠牙陛下……新たな予言をお授けしますわ……御子様方の前に……あなたが犬神に喰われます」

涙を流しながら呪いのごとき予言を吐き出す。

「そうか、それは重畳《ちょうじょう》。で、そろそろ拷問を始めてもいいか？」

鍠牙は目元にうっすら笑みを浮かべてそう答えた。紅玉は完全に戦意を失った。ぐったりと体から力が抜けているのがはたから見ても分かった。鍠牙は憐《あわれ》みの欠片すら見えない瞳で紅玉を見下ろし、さて始めるかと彼女に手を伸ばす。

そこで玲琳は凜と声を張った。

「鍠牙、はっきり言うわ。私はあの子たちを犬神の脅威から遠ざけて守りたい——と、思っていない」

その言葉は一瞬で鍠牙の耳に届き、彼の動きをぴたりと止めさせた。彼は緩慢な動作で玲琳の方を向いた。

「……どういうつもりだか聞いてもいいか？　愛しい俺の姫」

淡々としていた鍠牙の声に、わずかな怒りが混じった。かかったと玲琳は思った。

あの犬神は強力だ。本気で襲われれば子供たちなどひとたまりもないだろう。だが、玲琳はあの子たちを完全に危険から隔離してしまいたいと思ってはいなかった。どうしてかと自問してみれば、思い出されるのは師である母の存在だ。母の胡蝶《こちょう》は、玲琳を蟲から遠ざけようとしたことが一度もない。危険であれば、危険なモノへの触れ方を学べといつも言った。どうやら自分はその影響を受けているらしいと、玲琳は初めて自覚した。

「あの子たちは蠱師の血を引いて生まれたわ。これはどう足掻《あが》こうと、死ぬまで逃れられない呪縛なのよ。いえ、死んだ後も……その呪縛は続いてゆくことでしょう。あの子たちの子にも、そのまた子にも、この血は受け継がれる。あの子たちは蠱術と関わりなく生きてゆくことはできないのよ。だからあの子たちは、その対処法を学ばなくてはならないの」

そこで玲琳はふっと笑ってみせた。

「私は蠱師で、あの子たちは蠱師の子よ。せっかくの機会なのだもの、あんな美しいものをあの子たちに一度も見せず退治てしまうのはもったいないわ。私はあの子たちに犬神を見せてやりたい」

玲琳が力強く言い切ると、鍠牙は今までの澱《よど》んだ気配を一変させてきょとんとした。何を考えているのだろうかと怪しんでいると、鍠牙は突然紅玉を縫い留めていた剣を抜き、その剣を持った手で玲琳の頰をちょっと撫《な》で、剣を鞘《さや》に納めた。首を斬られるかと玲琳は思った。

彼はそのまましばらくじっと玲琳を見つめていた。その暗く凪《な》いだ海のような目の奥に、いかなる感情が渦巻いているのか玲琳には分からなかった。

しばらくすると彼は再び口を開いた。

「十日待とう」

静かにそう宣言する。

「そのあいだ、後宮の守りを完全に固め、あの子たちには猫の仔《こ》一匹近づけないよう警備する。だから姫、その間に犬神を捕らえてみせてくれ。それができるのなら、この女を生かしておこう」

玲琳の喉をひょうっと細い息が通った。この男、ようやく玲琳の話を聞いた。一つの関門を潜り抜けたと分かり、わずかに安堵する。

「十日の間に犬神を捕らえ、子供たちの命を狙う黒幕を突き止める。それができなければ、俺は真っ先にこの女の首を刎《は》ね、子供たちを襲ってきた犬神に全軍で総攻撃をかける。百人死なせてでも千人死なせてでも、犬神の首を取る。その後は国中浚《さら》って子供たちを狙った黒幕を探し出す。見つからなければ、疑いのある者を一人残らず処刑する。いいな？」

「ええ、いいわ」

玲琳はにいっと笑って応じた。

今この国に、かつてない危機が迫っている。犬神——ではない。歴史に名を刻む暴君の誕生を前にしているのだ。

全ての始まりは、斎の女帝李彩蘭が一人の占い師を送り込んできたこと——姉の目的も紅玉の目的も分からないまま、玲琳はこれらを全て御しきらなければならない。

まったくあの姉ときたら……何という素敵な誕生祝いを贈ってくれたのだろうか。

占い師が斎帝国へと送り返された——という話はたちまち王宮中に広まった。

鍠牙が占い師を引きずってゆく現場を見ていた者たちも、占い師が王子と王女の死を予言したと知って納得し、占い師が斎へ送り返されたのも当然だと受け入れた。

鍠牙が子供たちを溺愛していることは、皆が知るところである。不吉なものを避けるのは人の習い。仮に怪物が王子と王女を襲うのなら、それ以上の怪物をぶつければ事足りる。怪しげな占い師などいなくても、蠱師である王妃がいれば王子と王女は守られるはずだと、皆が信じて疑わなかった。

鍠牙はすぐさま兵士たちに命令を出し、王宮の内外を固めさせた。犬神どころか猫の仔一匹すら通さぬ布陣で、人々は緊張と警戒を煽《あお》られる。

王子と王女のためならば、自分たちが盾になってやると皆が息巻いていたが、それもやはり、玲琳の存在があることの安心感に基づいた感情であっただろう。

夕方にはもう、戦火がそこまで迫っているかという物々しさになっていた。

その緊迫感を、無論子供たちも感じ取っていた。不安がっているという子供たちを、鍠牙は自分の部屋へと呼んだ。

護衛役に連れてこられた子供たちの前にしゃがみ、鍠牙はしかつめらしく説明した。

「怖い思いをさせてすまないな。実は、お前たちのことを狙っている悪いヤツがいるらしいんだ。危ないから、捕まえるまではお母様とずっと一緒にいてほしい」

真摯に告げ、火琳と炎玲の手を大切そうに握る。

双子は少し驚いた顔をして、鍠牙とその隣に立っている玲琳の顔を交互に見た。

子供たちの後ろには、それぞれ雷真と風刃が控えていた。鍠牙の言葉を聞いて、彼らも表情を引き締めた。特に風刃は、彼らしからぬ深刻な顔をしている。昨夜、彼が語ったことを、玲琳は思い出していた。

風刃は己の手で犬神に止めを刺したいと願っている。親の仇を殺したいと――。玲琳はそれを禁じたが、恐らく彼は諦めていまい。

しかし、玲琳には腑《ふ》に落ちないことがあった。あんなにも犬神を憎んでいる様子の彼が何故、玲琳や炎玲に忠誠を誓っているのだろう？　彼は何故、気持ち悪いものが好きだ――などと嘯《うそぶ》いているのだろう？　親の仇への憎しみを隠すため……？　しかし玲琳は彼が嘘を吐き続けてここまでやってきたとはとても思えなかった。

玲琳が思惑していると――

「お父様でも雷真でもなくて、お母様のお傍なの？」

火琳が少し考えてそう聞いた。この敏《さと》い少女は、物事の裏を読む能力に長《た》けている。武力では対抗できない何かが襲い掛かってくることを少女は察知した。

「ああ、そうだ。お母様はすごい蠱師で、どんな悪いものからでも守ってくれるから、お母様の傍にいたら安心だ」

鍠牙は子供たちの手を安心させるように揺すった。

「夜はお父様とお母様と一緒に寝よう。大丈夫、十日も経てば悪いヤツは捕まるし、そうすればもうずっと安心して暮らせるからな」

優しく笑いかける。すると双子は目を真ん丸くした。

「じゃあ私、お父様とお母様と一緒に寝る準備をしなくっちゃ。寝る前に本を読んでくださる？」

「ああ、いいよ」

「炎玲！　一緒に準備しましょ。ほら、行くわよ！」

火琳は声を弾ませて弟の手を取った。小さな双子は毬《まり》が転がるようにたちまち部屋から駆け出る。

「お二人とも！　お妃様の傍を離れないようにと今言われたばかりですよ！」

雷真が生真面目に咎めて後を追いかけようとするが、鍠牙がそれを呼び止めた。

「雷真、風刃……実は、占い師の紅玉を地下牢へ幽閉している」

そう告げられ、二人は同時に啞然とした。

「俺はあれが犬神を操っている術者だと思っている。故に幽閉した。有事の際には殺すつもりでいる。だから間違っても、子供たちを地下牢へ近づけさせないでくれ」

鍠牙の話し方は穏やかだったが、あまりの情報密度に彼らは困惑を隠せなかった。

「え……陛下、それはどういう……」

「質問は受け付けない。お前たちは命令通りに子供たちを守ってくれればいい」

あまりの冷たさに、二人はぞっとした。彼らは鍠牙の内に潜む毒を知らない。彼らにとって鍠牙は傷一つない立派な王であるに違いない。だが——ほんの少しその内側を覗いてみれば、そこに詰まったどす黒いものが見えるだろう。彼らはその一端を垣《かい》間《ま》見《み》て、初めて楊鍠牙という男に恐怖心を抱いたのだ。

絶句する二人に、鍠牙は優しく笑いかけた。

「頼んだぞ」


父の部屋を後にした双子は手を繋いで走りながら、言葉も交わさず同じ方へ向かっていた。火琳が手を引いて先導し、炎玲はそれを的確に感じ取って同じ方へと走っているのだ。向かう先は自分たちの部屋ではない。途中後宮の建物から出ると、庭園をちょこまか走って一直線にとある目的地を目指していた。

人に見つからないよう時折身を隠しながら、たどり着いたのは小さな建物の裏だった。木々が植えられ、草が生い茂り、普段人が足を踏み入れるようなところではない。そんな狭い空間に古びた筵《むしろ》が立てかけられて、暗い影を作っていた。

「黒ー、黒ー、だいじょうぶかい？」

炎玲が小声で呼びながら筵を慎重にどける。

「ねえねえ、お腹《なか》空《す》いてるんじゃないかしら？　犬って何を食べるの？」

「そんなのわからないよ」

「もう！ 役に立たないわねえ！」

「おおきい声だしちゃダメ。こんなところで犬を飼ってるなんてしられたら、おこられちゃうから」

「そんなの怖くないわ」

「ダメだよ。火琳はよくても、黒はケガしてるんだから……つかまったらひどいめにあわされるよ」

炎玲はそっと手を伸ばし、そこに横たわっている犬を撫でた。

犬は頭を起こしてくうんと弱々しく鳴いた。

黒々とした毛並み、爛々と光る四つの目、牛ほどの巨体をもつ犬……犬……？

いや、それは紛れもなく蠱術が産んだ呪物。蠱師が犬神と呼ぶモノだった。

事の起こりは今日の明け方のことである――

部屋で寝ていた炎玲は、ふと目が覚めて奇妙な気配に気が付いた。

『何かいるよ……』

声をかけるとくっついて寝ていた火琳もすぐに目を覚まし、二人は一緒に寝ていたお付き女官の秋茗に気づかれぬよう部屋を出た。すると庭園に、一匹の大きな犬が倒れていたのだ。

『これ……ふつうの犬じゃない、蠱だ』

炎玲は一目で気が付いた。

『蠱？　本当に？』

二人が近づくと、犬は目を開けてよろよろと起き上がった。

その巨軀《きょく》に見下ろされ、炎玲は朗らかに笑いかけた。

『だいじょうぶだよ、こっちにおいで』

炎玲が脅かさないようゆっくり手を上げると、巨大な犬はしばし恐ろしい目で炎玲を見下ろしていたが――ふと頭を下げて炎玲の胸元に鼻先を擦り付けてきた。

『こわかったんだね、もうしんぱいしなくていいよ。僕たちがたすけてあげる』

炎玲は犬神の大きな鼻面《はなづら》を撫でる。

『君になまえをつけてあげるね、まっくろだから……黒だよ』

そうして二人は怪我した犬を、誰にも見つからない場所へと隠したのである。

そして今――

「黒、ケガはどう？」

炎玲は心配そうに話しかけながら、黒――犬神の肩を撫でた。

そこにはひときわ大きな傷がある。黒い毛皮を濡らす血が、炎玲の小さな手をべったりと染めた。

「痛い？」

聞くと、犬神はまたくうんと鳴いた。

「包帯とか、巻いてあげた方がいいんじゃない？　私たちが怪我したら、お母様がいつも巻いてくれるわ」

火琳が横からのぞき込んで提案する。

「でも、包帯ってどこにあるの？」

「そうね……包帯なんか探してたら怪しまれるわよね、どうしよう」

幼子は二人して困り果ててしまった。

するとその時、犬神の姿を隠してくれている小さな建物の窓から、白く華奢《きゃしゃ》な女の手がするりと外へ伸びてきた。その手には細く切られた白い布が握られていて、はらりと優雅に落とされた。

「あ、包帯!?　ありがとう！」

二人はぱっと顔を輝かせた。拾った包帯は端がギザギザで不格好だったが、二人は気にせず受け取った。

「よかったね、黒。包帯を巻いてあげるよ」

炎玲は精一杯手を伸ばして、大きな黒の前足から肩にかけて包帯を巻こうとする。

「私も手伝ってあげる」

火琳がそう言って手を出そうとすると、今までぐったりしていた犬神が突如目を怒らせて唸った。火琳はピタッと動きを止めて表情をこわばらせた。

炎玲は皺《しわ》の寄った犬神の鼻先を優しく掻いた。

「あのね、火琳は君のためにいっぱいがんばってくれてるんだよ。あんまりいじわるしないでほしいな」

そう諭され、犬神はじっと火琳を見つめた。火琳は一瞬怯んだが、すぐにいつもの女王めいた高慢な表情を取り戻して背筋を伸ばした。

犬神は、首を伸ばして火琳の腕をちょんと鼻でつついた。ごめんねと言っているような仕草で、たちまち火琳は顔を真っ赤にし、拳を握って唇を噛んだ。溢《あふ》れるものを堪えようとしているみたいに——

「……早く巻いちゃいましょ」

素っ気なさを装って、火琳は再び手を伸ばした。今度は犬神もおとなしくその手を受け入れた。

包帯を巻き終えると、二人は達成感に吐息を漏らした。犬神の傍らに腰を下ろし、黙って考え込んでしまう。

「ねえ、さっきお父様が言った私たちを狙ってるヤツって、きっと黒のことよ」

火琳が犬神のしっぽをぽふぽふしながら言った。

「そうなの？」

炎玲はびっくりして目を見張る。

「だって、お父様でも雷真でもなく、お母様と一緒にいなさいって言ってたでしょ。あれってつまり、お母様じゃないと退治できないモノが襲ってくるってことでしょ。それってつまり、蠱師とか、蠱とか、そういうモノが襲ってくるってことよ。黒はきっと、悪い術者に操られて私たちを襲いにきたんだわ。だけど失敗して、怪我しちゃったのよ」

ね？　というように火琳は犬神を見上げる。犬神は大きな四つの目で火琳を見返したが、無論しゃべりだすわけもない。

「黒はとっても強そうだよ。どうしてこんなひどいケガをしちゃったんだろうね」

「そんなの、お母様がやったに決まってるわ」

「お母様が!?」

「当たり前じゃないの、馬鹿ねえ。お母様がこの世で一番強い蠱師なんだから、黒なんかこてんぱんよ」

「こてんぱん！」

炎玲は愕然《がくぜん》と顎を落とした。

火琳は何故か得意げに胸を張った。

「気づかなかったの？　昨日からみんなピリピリしてたでしょ？　たぶんね、黒が何か悪いことしてたのよ。それで、お母様に見つかってお仕置きされたんだわ。でも、それって黒のせいじゃないでしょ？　操ってる術者が悪いのよ。だから私たちが黒を助けてあげなくちゃ。お母様に見つかったら黒なんか瞬殺よ！」

「しゅんさつ！」

炎玲は悲劇的な声を上げる。

すると建物の窓から、くすくすと笑い声がした。鈴を転がすような美しい笑い声だ。

二人は笑われてちょっと恥ずかしくなり、口を噤《つぐ》む。

犬神はそんな幼子たちを眺め、ゆっくりと目を閉じた。

「そろそろ行きましょ、雷真が捜しにきちゃうわ」

「そうだね、風刃がしんぱいしてる」

二人は立ち上がり、ぱたぱたと尻をはたいて犬神に筵を立てかけた。

「黒、じっとしてるんだよ。こんどごはんをもってきてあげるからね」

「だから犬って何食べるのよ」

「そんなのわからないよ」

きゃんきゃんと言い合いながら、二人は部屋に戻るべくその場を後にした。

犬神は薄く目を開け、小さな背中を見送っていた。

夜の帳が下りようとしていた。

暗い地下牢に幽閉された紅玉は、膝を抱いて壁に背をつけ、身を縮めていた。

牢の外には見張りの兵が三人もいて、紅玉の動向をつぶさに見ている。胡乱《うろん》な動きをすればたちまち報告されてしまう。

いったいどうしてこんなことになってしまったのだろう……

こんな予定ではなかった。このままではまずい。吐いた嘘はあっさりと見抜かれてしまい、このままでは……予言が外れてしまう。

予言をすることなど容易いはずだった。

犬神を動かしているのは、ほかならぬ紅玉自身なのだから。

だというのに、何故か犬神が戻ってこないのだ。このままでは予言が外れる。

全ての予定が狂ってしまった。こんなことになるとは思わなかったのだ。犬神を捜しに行きたくても、外へ出ることすらできない。

紅玉は自分をここへ引きずり込んだ楊鍠牙のことを思い出していた。

思い出すだけで背筋が凍った。

なんだあれは……あんな男がいるなんて聞いていない。

紅玉のことを虫けらみたいに見下ろし、あっさり命を奪おうとした。

今まで出会った中で一番恐ろしいと思った人間は斎の李彩蘭だった。そして楊鍠牙は——今まで出会った中で一番壊れた人間だ。

このまま全て暴かれてしまったら……？　自分が何者なのか知られてしまえば、取り返しのつかないことになるかもしれない。あの壊れた男は紅玉を骨の髄《ずい》までしゃぶりつくすかもしれない。

やはり楊鍠牙は、あいつの息子だ。

かつて残虐に一家を殺した……あの男の息子だ。

人を殺すことなど蠅《はえ》を払う程度にしか思っていない。

「あんな男に弄《もてあそ》ばれるくらいなら……死んだ方がいい」

見張りに聞こえないくらいの呟きが零れる。

けれど、死ぬわけにはいかないことも分かっていた。目的を果たすまでは——何があろうと死ぬわけにはいかない。それだけは、どうやってでも避けなければ……落ち着け……大丈夫だ……私の本当の正体を見抜ける者なんかいるはずがない。そう自分に言い聞かせる。

唯一の救いは、紅玉に味方すると断言した玲琳だけだ。それだけが自分の命綱。

彼女は自分を信じている。犬神を動かしているのが紅玉であると気づいていない。

彼女を利用するのだ。思い通りに操って、最後まで騙し切るのだ。

震える体を抱きしめて、腹の底に再び火を灯《とも》す。

目的を果たすためなら、どれだけ非道なことでもしてみせる。

最後に笑うのは私だ――！


そして同じ頃――

初めて父と母の部屋で寝ていいと言われ、双子は上機嫌だった。

「お父様は私の隣ね、お母様は炎玲の隣よ」

寝る場所を指定し、火琳は寝台に潜り込む。

炎玲は姉に従って静かに布団へ入り、子供たちは両親に挟まれて寝入った。

むろん鍠牙は一睡もしないつもりだろうが、子供たちの手前寝るふりをしている。

ここまでせずとも犬神はまだ襲ってこないだろうが……と思いながら、玲琳は一つあくびをして速やかな眠りに落ちた。

しかし玲琳は一刻と経たないうちに起こされた。暗闇で目を開けると、鍠牙が声を低めて言った。

「火琳と炎玲が出て行ったぞ」

「何ですって？　……厠《かわや》ではないの？」

一旦驚きはしたものの、最も可能性が高そうな状況を想像してみる。

「かもしれんが、心配だから追いかけようと思う」

鍠牙は剣を摑み寝台から出た。どうやら本当に一睡もしていないと見える。

「待ちなさい、乙女の厠を男が覗くものではないわよ、嫌われるわ。私が一人で見てくるから待っていなさい」

玲琳はすぐさま寝台から這い出ると、鍠牙を制して一人子供たちを追いかけた。

部屋を出て行くと、暗がりに小さな双子の背中がすぐ見つかった。二人は手燭の明かりを頼りにてくてくと廊下を歩き、見張りの兵士を隠れてやり過ごし、何故か玲琳の部屋へとたどり着いた。

いったい何をしようとしているのかと訝《いぶ》かり、玲琳は様子をうかがう。

双子は玲琳の部屋へ入ると、そこに仕舞ってある蝙蝠《こうもり》の干物や乾《ほ》した毒草などを両手いっぱいに抱えて部屋から出てきた。

玲琳は見つからないよう陰に隠れ、彼らの動向を見守った。

子供たちは夜の庭園に出ると、ちょこちょこと必死に足を動かして歩いてゆく。時折持っていた毒草などがぱらぱらと落ちた。

それを拾いながら玲琳は後を追う。しばらく進むと、彼らの向かう先が分かった。

その行き先があまりに予想外で、玲琳は困惑する。

二人が向かったのは、鍠牙の母である王太后夕蓮《ゆうれん》が暮らす離れだった。

夕蓮は病ゆえ離れに隔離されている――というのが、王宮に仕える者たちの共通認識である。しかし、それは誤りだ。夕蓮は咎人《とがびと》ゆえに幽閉されているのである。

息子を殺そうとし、息子の妻に毒を盛り、様々な死を引き起こした犯罪者であり、この世の誰も手が届かぬ化け物――それが夕蓮という女だ。

そして彼女の息子である鍠牙は、母に近づくことを何より嫌がる。ましてや可愛い子供たちが彼女に近づくなど、一度も許したことはなかった。

とはいえ玲琳は彼女の友人であることを公言していたから、幾度も子供たちをここへ連れて来たことはあるのだが……

玲琳は忍び足で離れに近づいた。すると、子供たちは離れの裏側へと回り込み、何やら話し込んでいる。

玲琳は彼らに気づかれぬよう、そっと離れの裏手を覗き込んだ。そこにある光景を目の当たりにした瞬間、息を呑《の》む。

暗がりの中、大きな体を横たえた黒い犬神を、幼い子供たちが撫でている。

「黒、ごはんだよ。これはお母様のつくった毒なんだ、たべてみて？」

炎玲が運んできた毒草や干物を犬神の前に積んだ。しかし犬神はふんと鼻息を出しただけで、口を開こうともしなかった。

「これじゃダメなんだわ」

「こまったなあ……きっと黒はおなかをすかせてるはずなのに」

「今度お母様の本を読んで調べてみましょうよ。きっと書いてあるはずよ」

「うん、そうだね。それまでまっててね、黒」

二人は懸命に犬神を撫でる。犬神は大丈夫だとでもいうように、子供らの体を鼻先でつついた。

「黒、昼にみたときよりケガがなおってるよ、よかった。包帯ってすごいね」

「バッカねえ、包帯くらいで治るもんですか。黒が頑丈なのよ。蠱だから治癒力が高いんだわ」

「そっか……お母様が、蠱は霊的なそんざいだっていってた。だから、ひとよりはやくケガがなおるんだね」

双子が話し合っているところに、ふと別の声が聞こえてきた。

「それだけじゃないと思うの……きっと、二人が一生懸命手当てしたから、その子は良くなってきたのよ」

優しく、美しい声。窓から白い手が覗く。王太后夕蓮だった。

「ふうん……そうだといいな。おばあさま、包帯ありがとうございます」

「うふふ、いいのよ。私はあなたたちが可愛くて仕方ないんだから〜。でもねえ、このことは鍠牙にないしょよ？」

「もちろんよ。黒のことを知ったら、きっとお父様は怒っちゃうもの」

「お父様は僕らのこと大好きだから、いつもしんぱいするんだ」

「そお……じゃあ、黒のことは私がかくまってあげるわね？　三人だけの秘密よ？」

伸ばされた白い小指に、双子はそれぞれ自分の指を絡め、小さくくすくすと笑う。

そこでとうとう玲琳は耐えられなくなり、その場を離れた。口を押さえ、息を殺し、足早に遠ざかる。離れから声が聞こえなくなるまで距離をとると、そこでようやく口から手を離した。ぐっと体を前に折り、感情を破裂させる。

「くっ……ははっ……あははははははははははははははは!!」

通りすがる兵士たちがぎょっとしたように振り向くが、それでもかまわず玲琳は笑い、笑い、笑い続け、笑い尽くすと涙を流しながら深く息をついた。

「ああ……最高だわ、さすが私の子供たち」

「何が可笑《おか》しいんですか、お妃様」

背後から急に呆れ声で言われ、玲琳はくるりと振り返る。

腰に手を当てて立っていたのは女官の葉歌だった。本当にこの女は、いつも玲琳を見張ってばかりいる。

「これが笑わずにいられるかしら。あれは間違いなく私が昨夜仕留め損ねた犬神だわ。それをあの子たちが懐かせてしまったのよ。あの犬神を操る術者にとっては、いい面《つら》の皮でしょうね。あの子たちの命を狙っていたはずなのに、その犬神をまんまとあの子たちに奪われてしまったなんて……知れば屈辱以外の何物でもないわ」

愉快そうな玲琳とは対照的に、葉歌は神妙な面持ちで考え込んだ。

「まさかあの犬神を操っている術者って……夕蓮様じゃないでしょうね」

その言葉に玲琳は目をぱちくりとさせる。言われてみればなるほど、夕蓮には蠱師の才があり、その能力でかつて異端の蠱、猫鬼《びょうき》を生み出したこともあるほどだ。

本当に彼女が犯人であれば、それを知った鍠牙は一瞬で夕蓮の首を刎ねてしまうに違いない。その様子がありありと想像できる。しかし同時に、そうなっても彼は最後まで母を殺せまいとも想像できるのだった。

夕蓮を殺せる者など、もはやこの世にいはしない。あれは他者の愛情を際限なく喚《かん》起《き》する底なしの化け物で、只人が触れることは叶《かな》わぬ異次元の存在なのだから。

とはいえ次の瞬間にはもう、玲琳は己の考えを否定していた。

「夕蓮に犬神は造蠱できないわ」

「どうして分かるんです？」

「当たり前でしょう？　あそこから出ていない夕蓮が、どうやって犬神を造蠱するというのよ」

その説明に、葉歌は顎に指をあてて考え込んだ。

「それもそうですわね。あんな面倒くさいこと、簡単にはできませんよね」

葉歌という女官はただの女官ではない。この女は人畜無害な顔をしながら平気で死体の山を築いてしまえる、蠱毒の里の暗殺者でもあるのだ。故に葉歌はある程度蠱術の知識を有しているのだが……悍ましい造蠱法を面倒くさいの一言で片づけてしまうのが、彼女の恐ろしさと愛らしさだった。

「まあ、とにかくあの犬神を始末してしまえば事態は解決するんですから、さっさとやっつけてしまいましょうよ」

手をパタパタして急かされるが、玲琳は軽くかぶりを振って答えた。

「さっきの光景を見たでしょう？　あの子たちは他の人間が造蠱した蠱をなつかせてしまったのよ。おそらく……炎玲の素質でしょうね。あの子は蠱に対して飛びぬけた支配力があるわけではないけれど、異常なほど蠱に愛される」

玲琳の血のせいか……あるいは夕蓮の血のせいなのか……炎玲にはそういう特異な性質があった。彼は強い蠱師にはなるまいが、特別な蠱師になるだろうと玲琳は思っている。

玲琳の言葉に葉歌はぎょっと目を剝《む》いた。

「まさかお妃様、このまま放っておくつもりですか!?」

「犬神と術者を切り離してしまえば、あれは二人の忠実な蠱になるわ。あの子たちをよく守ってくれるでしょう。ねえ、五歳の祝いに相応しい贈り物ではないかしら？」

「でしたら王様の言う通り、紅玉さんを始末してしまえばいいんじゃないですか？　どう考えたって、あの人が術者に決まってますもの。お妃様は本気であの人を敵じゃないと信じてるんですか？」

「もちろんよ。お前は信じていないの？　占いにはしゃいでいたではないの」

「それはそれ、これはこれです」

葉歌はすっぱりと切り捨ててみせた。

「全てを占うなんて、この世で最も優れた蠱師にだってできやしない。そんな嘘をついてまで、あなたに近づいてきたんですよ。何が目的か知りませんが、死ぬ覚悟くらいあって当然です。火琳様と炎玲様を狙ってるなんて、本当に許せませんもの」

葉歌の瞳に剣呑な色が宿る。この女官なら、紅玉が蠱師であろうが何であろうが瞬く間に命を奪ってしまうに違いない。

玲琳はふうっと息を吐いた。

「誰も分かってくれないのねえ……お姉様のことを。たとえ朝日が西から昇ることがあろうとも、お姉様があの子たちを傷つけるなんてありえないのよ」

「お妃様……あんな残虐非道極まる方を信じているあなたこそ、真実が見えていないんじゃないですか？」

じろりと睨まれ、玲琳はくすっと笑う。

「そんなことはないわ。私はね、あの子たちが犬神と戯《たわむ》れている姿を見てようやく分かったのよ。自分が何をするべきなのか」

子供たちの五歳の誕生祝いを、最良の形で用意してやるのが自分の役割なのだ。そのついでに、最悪の暴君の誕生を防いでおくのが良策であろう。

「さあ、そろそろ戻りましょうか、鍠牙が部屋でやきもきしているでしょうからね。お前、鍠牙に今見たことを話してはいけないよ」

そう告げて、部屋へ向かって歩き出しながら、玲琳は様々なことを考える。

犬神を操っている術者は誰なのか、その後ろにいて子供たちの命を狙っている黒幕は何者なのか、何故犬神に都の人々を襲わせたのか、そして紅玉という占い師の正体はいったい何なのか――

それらの全てを暴き出して、子供たちに五歳の祝いを用意してやることこそが、玲琳のすべきことに違いなかった。

翌日になっても、無論王宮の物々しい警備が解かれることはなかった。犬神は未だ捕まっておらず、人々はみな警戒のさなかにある。

この日、火琳と炎玲は朝からずっと玲琳の傍にいた。ちょこまかとまとわりついて、玲琳が毒草を採取するのを手伝っていた。

しかしながら時折そわそわと遠くを気にして、母が犬神に気づかぬか案じている様子が見て取れるのだった。

玲琳は何も知らぬ振りで作業を続けた。目下玲琳がやらねばならないことは、犬神を操る術者を突き止めることである。犬神を術者から切り離して手に入れるのならばそれが必要だ。そのために、玲琳は犬神から術者を辿《たど》るための蠱を生み出そうとしているところだった。

犬神の血は、先日戦った時に採取している。玲琳の毒百足はあの犬神の血肉をずいぶんと食い荒らしたからだ。

それを基に術者を辿るつもりなのだが、この犬神の血はどうも普通の蠱と違っていて、どのような蠱を造蠱すれば的確に術者を辿れるのか今一つ定まりきらずにいる。

子供たちに犬神を差し向けるつもりだった術者は、おそらく現在犬神を見失って困っていることだろう。状況を把握するためにも、そう遠い場所にはいまい。

あの見事な犬神を造り出した蠱師がこの近くにいると思うだけで、玲琳は気持ちが浮きたつのだった。

そんなことを考えていると、ザクザクと土を踏む音がして鍠牙が毒草園に現れた。

「姫、調子はどうだ？」

彼は子供たちをひとしきり撫でると、玲琳にそう尋ねてくる。

「犬神を使う術者は見つかったか？」

昨日の今日でそんなことを聞いたところで、見つかっているはずはなかろう。

玲琳はその嫌味な問いかけに、微笑みをもって返した。

「少しは待てができないの？　余裕のない男ね」

「余裕だけあって実の伴わない男よりはましだろう」

鍠牙も爽やかな嘘くさい笑顔で返してくる。

「そうね……そこまで言うなら少し手伝ってちょうだい」

玲琳がわずかに思案してそう言うと、鍠牙は何か感じ取ったらしく嫌な顔をした。

「……断る権利はあるのか？」

「ないわ、黙ってこっちへ来なさい」

玲琳の手招きに、鍠牙はおとなしく応じる。

玲琳は思いきり鍠牙を引っ張って、毒草がわさわさと成長した茂みの中に引きずり込んだ。毒草の茂みで身を縮め、蠱惑的《こわくてき》な笑みを浮かべる。

「いい造蠱法が思いつかないの、お前の毒をちょうだい」

「……子供たちが見ている前ではしない」

鍠牙はむっつりと口をへの字にして答える。

「だから見えない場所へ隠れたのよ」

玲琳はぐっと身を乗り出して、地面に座り込む鍠牙の胸にのしかかった。

「私は犬神の術者を、どうやってでもつきとめたい。それはお前も同じね？」

「……ああ」

「ならおとなしく舌を出して」

玲琳はそう言いながら自分の唇を舐めた。彼はそこで観念したらしく、玲琳を抱き寄せる。

「あまり痛くするなよ」

「とっくに慣れているくせに？」

毒蜘蛛に死ぬほどの痛みを与えられても平然としていた男が何を言うのかと、玲琳は馬鹿馬鹿しくて笑ってしまう。

「お前の毒の海に溺れさせてちょうだい」

玲琳は彼の顎に手をかけ、指先で唇をなぞる。鍠牙は一つ短く嘆息し、玲琳に噛み付くような格好で唇を重ねてきた。その熱さと感触に、鼓動が速まる。乱暴に忍び込んできた舌を、玲琳は躊躇いなく噛み切った。鉄臭いものがにじみ出たその舌先を舐め、一滴も残さず搾り取ろうと絡める。

ずぶずぶと深い毒の海に溺れてゆく。その快感にすがり、深く深く沈んでゆく。その先に、自分の求めるものがあるのだ。

「おい……あんまり噛むな」

鍠牙が少し荒い息をしながら唇の隙間から言った。

そこでようやく玲琳は目を開け、海の底から戻ってきた。

「ふふ……いい造蠱法を思いつきそう」

怪しげな笑みを浮かべる。鍠牙は疲れたように目を細めた。

「それは良かった。こんなことをしなければ蠱術の一つも使えないとは、大した蠱師様じゃないか」

「そうね……これが一番、蠱術を極めるのに早く確かだから仕方がないわ。後は……ただ気持ちいいからするのよ」

と、玲琳はわずかに赤く染まった鍠牙の唇をぬぐった。

「相変わらず卑怯《ひきょう》だな、姫」

「私は蠱師だからね」

そう告げて、玲琳は毒草の茂みから出た。

鍠牙も同じく頭や服に葉っぱをつけて出てくると、子供たちに乱れたところを見せぬよう、せっせと服を整えた。

そうして出ていくと、熱心に蟲と戯れていた炎玲が駆け寄ってきた。

「ねえ、お母様。今日は朝から風刃がいないんだ。どこに行ったか知りませんか？」

「風刃？　……いいえ、知らないわ。お前は知っている？」

鍠牙に尋ねたが、彼も首を横に振った。

「いや、知らんな。何の報告も受けていないが……」

「きっと、何か用事があって出かけているのでしょう」

玲琳はにこりと笑ってそう言ったが、頭の中にはあの日の彼の姿が浮かんでいた。

犬神を己の手で殺したいと望んでいた彼の姿が――

いつもの風刃なら多少姿が見えないからと言って案じたりはしないが、今の彼がいなくなったというのは気にかかる。

もしかすると、王宮から出て何かしようとしているのかもしれない。己の無力を思いつめて、おかしな行動をしなければいいのだが……

「ねえ、葉歌。一つ頼みがあるのだけれど」

玲琳は子供たちを見てくれていた女官ににこっと笑いかけた。

その笑みに不吉なものを感じた葉歌は一瞬逃げようとしたが、がっくりと肩を落として主《あるじ》に向き直った。

「はいはい、今回は私に何をさせようっていうんです？」


都の繁華街——王宮より西に延びる通りには、様々な店が立ち並んでいる。

その中の一軒で、一人の男が店員を殴りつけていた。

男の名は風刃。現在王宮で王妃と王子に案じられている本人である。

「い、いいかげんにしてくれよ！　俺にどうしろってんだ！」

「殺された女のことを教えろっつってんだよ！　しらばっくれても無駄だぜ。ここの娘だってことは調べがついてんだ」

風刃は床に倒れた店員にのしかかり、胸ぐらを摑み上げた。その店員は、昨日の夜犬神に喰われた女に付き従っていた男の一人だった。

「悪い噂のある女だったみたいじゃねえか」

「……だから、何のこと……がっ」

店員はまた殴られて呻いた。

「言えよ」

また殴る。

「言え」

また……

「てめーが言わねえと終わんねーぞ!!」

怒号を飛ばした風刃に、店員はあえなく白旗をあげた。

「わ、分かった！　もうやめてくれ！　全部言う！　彼女は麻薬の売人だ！」

「麻薬の売人だぁ？　てめぇふかしこいてんのか！　裏街じゃあるまいし、こんなところにそんなもんがいるわけねーだろ！」

「いるんだよ！　裏街に行けない高貴な身分の客が買いに来るんだ！　他にも異国の旅行者とか！　需要があるんだよ！　数日前だって斎帝国の旅行者が……」

「……斎の旅行者」

「な、なんだよ……旅行者が関係あるのか？」

店員はびくびくしながら風刃の様子をうかがう。風刃はそれを無視してまた男の胸ぐらを摑んだ。

「お前らがあの夜、南橋に行ったのは何でだ？」

「ぐっ……呼び出されたからだ。来ないとヤバいことをばらすって手紙が来た」

店員は苦しげに答えた。

「その手紙はまだ持ってんのか？」

「……いや、すぐに燃やして……だけど多分、女が書いた手紙だ」

これ以上風刃の機嫌を損ねたくないのか、慌てて付け加える。

「何で分かんだよ」

「いかにも女の筆跡だったし……独特な香の匂いがしたからな、甘い花みたいな……」

花の香という言葉に風刃は目を見張り、次いで鋭く細めた。

「最後にもう一つ。あの女が殺される前の日、同じ怪物に男が喰われたのを知ってるか？」

「？　あ、ああ……都中の噂になってるからな。自分たちが襲われるなんて思ってもなかったが……」

「その男はな、近所でも評判の酒乱で、最近三人目の嫁を殴り殺したらしいぜ。事故ってことにはなってるけどな」

風刃が何の話をしたいのか分からないらしく、店員は押し倒されたまま困惑する。

「実はその前の日にも、怪物に喰われたらしい死体が見つかってる。こっちの男は人身売買に関わってたって噂だ」

「だから……何なんだよ」

店員は困り果ててそう聞いた。風刃は皮肉っぽく唇を歪めて笑った。

「おかしいと思わねえか？　まるで、悪人を選んで喰い殺してるみたいじゃねえか」

「何だって？　俺たちは別に……」

「ふざけんじゃねえぞ!!」

風刃は店員の頭の横に拳を叩きつけた。殴られた床が鈍く鳴り、店員が身震いする。

「正義の味方でも気取ってるつもりか？　てめえはそんなんじゃねえだろ。俺がぶち殺してやる……」

その言葉はすでに店員には向けられていなかった。頭の中にあるのはあの日の黒々とした姿だけだ。それがずっと消えない。

風刃は怯える店員を解放して立ち上がり、その店を後にした。

いったいどういうことだと思考がぐるぐる頭を巡る。

同じことばかりを考えているようで、出口がどこにも見えないのだ。

あの犬神は何なんだ……何であの日親父を喰った……

いいや、答えはもう出ている。自分がただ、それを認めたくないだけなのだ。


風刃は王宮へ戻ると、静かにとある場所を目指した。

後宮の地下、あの女が幽閉されている地下牢だ。

階段を降りると、そこに詰めている兵士に少しのあいだ席を外すよう頼んだ。

二人きりになり、風刃は牢の中を睨む。

一人の女が膝を抱えて丸くなっている。

紅玉という名の占い師に身をやつした詐欺師――いや、殺人鬼だ。

「何か御用ですか？」

紅玉はのっそりと顔を上げて問いかけてくる。酷く顔色が悪く、追い詰められた人間の様相である。

風刃は壁に吊ってあった鍵で牢の扉を開け、中に入った。その行動に、紅玉はぎょっとして後ずさる。

「な、何なんですか……来ないで」

風刃は無言で距離を詰め、彼女を床に押し倒した。そして驚く彼女の首に手をかける。幾重にも重なる衣の下から覗いた首は白く細い。胸元に刺青《いれずみ》が見えた。鳥のような模様で、占い師の神秘性を後押しする小道具のようにも見える。そしてその体からは独特な甘い花の香りが漂っていた。

「あの犬神を操ってる術者は、やっぱりお前だったんだな」

紅玉は真っ青になって暴れた。

「やめて！　放して！　誰かっ!!」

喉が裂けんばかりに叫ぶ。

「いったいどういうからくりだ？　十三年前、俺の親父はあの犬神に喰われてる。けど、お前の年はせいぜい二十かそこらだろ？　当時はまだガキだ、そんな奴《やつ》がどうやって犬神を造ったってんだ？」

風刃は首を押さえる手に力を込めた。

「放して！　お願いだから放して!!」

紅玉は泣き出しそうになりながら叫び続けていた。

その声を聞いた兵士たちが慌てて戻ってくる。彼らは牢の中で紅玉を押し倒している風刃を見て血相を変えた。

「風刃さん！　何やってるんですか！」

彼らは慌てて風刃を牢から引きずり出そうとするが、風刃はなおも紅玉を締め上げ続けた。

「なあ、なんで親父を殺したんだ……？　お前もあのことを知ってんのか？」

「風刃さん！　こんなこと陛下に知られたらマジでヤバいですから！」

兵士たちが必死で引き離そうとしても、風刃は紅玉から手を離そうとしない。するとその時——

「放せって……言ってんだろうがあああ!!」

怒声と共に風刃は脇腹を蹴られた。

衝撃に思わず手を離すと、紅玉はその隙に風刃の下から這い出し、立ち上がって風刃を睨みつけた。

「舐めんな、クソガキ！」

わなわなと震えながら紅玉は怒鳴る。今までの上品で神秘的な雰囲気はどこかへ消え失《う》せていた。

風刃は思わず激情を忘れてぽかんとした。

「……お前の方が年下だろ」

出てきた言葉はそんな間の抜けたものだった。

紅玉は髪をかき上げながら、チッと下品に舌打ちした。

「二十路《ふたそじ》超えたばっかの若造が粋がるな！　こっちは三十路《みそじ》超えてんだよ。ガキに生意気な口きかれる覚えはないね、十も歳《とし》が違えば猫も鼠《ねずみ》に頭下げるってもんだろ!!」

ひとしきり怒鳴り、彼女は荒い呼吸をしている。最後の一言に風刃は目を見張った。

「お前……もしかして裏街の出身か？」

今のは裏街で頻繁に使われる諺《ことわざ》だ。この言葉遣いといい、どう見ても……

しかし紅玉はその問いに答えず、誤魔化すように一つ深呼吸した。

「愚か者に一つ予言を差し上げましょう。未来は変わりました。怪物に次襲われるのはあなたです。命が惜しければ、お妃様のお傍から離れぬことをお勧めしますわ」

元の上品な形を無理やり取り戻し、紅玉はそう告げた。

風刃も兵士たちも呆然とその姿に見入る。

その時、騒ぎの声を聞きつけて現れた一人の女官がいた。

「風刃さん、何してるんですか？　上まで声が聞こえてきますよ」

問いかけの主は、王子と王女付きの筆頭女官にして教育係の秋茗だった。

紅玉はついっと彼女の方を指差した。

「さあ……出ていってください」

その要請を受け、兵士たちは牢の中から風刃を引きずり出す。

地上まで引っ張り上げられると、風刃はさっきまでの激情をどこかへ失ってしまっていた。

「風刃さん、何があったんですか？」

秋茗は厳しく問い詰める口調で聞いてきた。何があったというよりは、何をしていたのかと聞きたいのかもしれない。

「……何でもねえよ」

風刃はそれだけ答えて秋茗の手を振り払った。

自分が手に入れた情報を他の人間には伝えたくなかった。あの占い師が被害者を南橋へおびき出したことを——

これでもう、紅玉が蠱師であり王子と王女の暗殺を企んでいる犯人だということは確定だ。伝えてしまえば、鍠牙が紅玉を始末してしまうだろうし、玲琳があの怪物を始末してしまうだろう。それではダメだ、あれを殺すのは自分でなければ……。自分の力であの怪物をどうにかできるとは思えなかったが、それでもあれを殺すのは自分であるべきなのだ。

あの怪物は……風刃が何をしたか知っているのだから……

「秋茗、心配させてごめんな」

風刃は普段通りを装って笑いかけた。秋茗はいつも、風刃を心配している。同じ裏街育ちで、同じ痛みや貧しさを知っている。

この子は風刃がしていたことを知ったらどう思うのだろうか……

秋茗なら、知っても許してくれるかもしれない。賢く、強く、優しく、そして嘘吐きなこの女の子なら、きっと許す振りをしてくれるだろう。

「炎玲様も心配してましたよ」

「ごめん」

「雷真さんも心配……怒ってましたよ」

「あいつはどうでもいいよ」

天敵の名前を出されてけっと吐き捨てる。

あの男に知られたら……それを想像してぞっとした。

清廉を絵に描いたようなあの男に、醜い自分を知られたら……そんなことになるくらいなら死んだ方がましだ。

この世の誰より、あの男には知られたくない。

だからあの怪物を、早く殺してしまわなくては……


ああもう……最悪だ……

また余計な予言をする羽目になった。

あのクソガキ……殴ってやればよかった。

紅玉は牢の中で頭を抱えた。

何なんだあのガキは……犬神に親を喰われた……？

そこで冷静になり、彼の言葉を頭の中でもう一度思い浮かべた。

十三年前……十三年前……！

その数字に紅玉は息を呑む。悲鳴をあげそうになり、とっさに口を押さえる。

あのガキ……まさかあの時のあの子……!?

座っているのに腰が抜けそうになった。

全身が冷えてゆき、体が震える。

あの日の光景が頭の中にありありと浮かび上がる。

喉の奥が絞まり、痛いほどに涙があふれ、嗚咽《おえつ》が零れた。

「ごめん……ごめんなさい……許して……」

嗚咽の隙間からそんな声が漏れる。

ああそうだ……彼の怒りは当然の権利だった。

あの日、あの子を利用した……自分はあの子の復讐《ふくしゅう》に値する。それでも、自分は最後まで進まなければならないのだ。誰を踏みにじってでも——

第三章　憐れな魔女の正体

それから二日が経った。

その日の昼下がり、玲琳が毒草園で新たな蟲を生み出すために仕込んだ甕を点検し、火琳と炎玲を連れて部屋へ戻ろうと立ち上がったところに、鍠牙が現れた。

「姫、調子はどうだ？」

優しく笑いかけてくる。火琳と炎玲が嬉しそうに父の足へと抱きついた。鍠牙は二人を撫でてやり、玲琳に話しかけてくる。

「あれからもう何日か経ったが……約束通り進んでいるか？」

「お気遣いありがとう、お前との約束はちゃんと守るから安心なさい」

「そうか……俺もあなたとの約束は必ず守るよ。決して違《たが》えないと誓おう」

つまりこの男、十日の内に事態を解決できなければ、宣言通り都中を阿鼻叫喚《あびきょうかん》の渦に陥れると脅しているのだ。

その証拠に、王宮内の警備は日に日に厳しいものとなっている。暮らしているだけで息が詰まりそうな緊迫感が、王宮中に満ち満ちている。

まったく、なんと頼もしい夫であろうか——玲琳は微笑みを返さずにはいられなかった。

「また毒が必要か？」

鍠牙は揶揄《やゆ》するように聞いてきた。

「今はいらないわ。必要な時には言うわよ、今夜にでもね」

「心の準備をしておくとしよう」

お互い嘘寒い笑みを交わし合う。

「さあ、冷えてくるといけない。みんな部屋へ戻りなさい」

鍠牙が子供たちを部屋へ帰らせようとすると、離れて見守っていた護衛役の雷真が、険しい顔で近づいてきた。彼は蠱術を忌み嫌っているため、火琳が母と共に毒草園で過ごしている時は、いつも少し離れたところで見守っているのである。

雷真は火琳を抱き上げて運ぼうとし、しかし手を止めて玲琳に正対した。

「お尋ねしたいことがあります。お妃様、風刃のことをこのまま放っておいていいのですか？」

玲琳はすぐに彼が問題視していることを理解した。

そう、この二日間、風刃は守るべき主である炎玲の傍を勝手に離れているのだ。それどころか、王宮からも頻繁に姿を消して行方が知れないのである。

「そうね、困った子ね」

玲琳はため息をついた。

風刃が何をしたいのかは分かっている。彼は親の仇である犬神を討とうとしているのだ。玲琳の目から見れば、彼の行動は無意味である。風刃には何の力もなく、あの強大な犬神に勝てるとは到底思えない。そして彼自身もそれを分かっているはずなのだ。分かっていても止まれないほど、彼は犬神を殺したいと願っている。

玲琳の態度が己の欲したものと違ったのか、雷真の眉間に深い皺が刻まれた。

「お妃様は、王子殿下が命を落としても構わないと思っていらっしゃるのですか！」

感情的に怒鳴る。その途端、その場にいた女たちの表情が激変した。

毒草園には玲琳と鍠牙と子供たち以外にも、作業を手伝うために女官の葉歌と側室の里里《りり》と、そして子供たちのお付き女官である秋茗がいたのだ。

彼女たちは雷真の言葉を聞き、たちまち恐ろしい顔で彼を睨んだ。

その冷ややかな視線を受けても雷真は怯まなかった。この鈍感さは彼の強さであり、また大いなる欠点でもある。

「いざという時には王子殿下の盾となり、命を差し出すのが我々の役割であるはず。それなのに、あの男は役割を放棄しています。これは王子殿下のお命を危険に晒《さら》す行為だ。こんなことは正しくない……なのに何故、お咎めにならないのですか」

どこまでも真っ直ぐに問い詰めてくる。この異常なまでの真っ直ぐさを玲琳は愛おしく思っている。

「お前は炎玲を心配してくれているのね。ありがとう、いい子ね」

「私は冗談を言っているわけではありません」

「もちろん、私も冗談を言っているわけではないわ」

玲琳は嫣然と笑いかけた。雷真の眉間の皺はさらに深まる。

すると成り行きを見守っていた秋茗が、眉をつり上げてつかつかと前に出てきた。

「雷真さん、あなたはお妃様が本当に炎玲様のお命をないがしろにしていると思っているんですか？」

瞬間雷真はたじろいだが、それでも引かずに言い返そうとする。

「そう見えると言っているんだ」

「あなたの目が腐っているからでは？」

「君は何故そういつも私にばかり突っかかってくるんだ」

「あなたの理解力が乏しいからでは？」

突然始まった喧嘩に、玲琳は思わず見入ってしまう。火琳も葉歌や里里も同じらしく、誰も止めようとしなかった。まったく不謹慎な話であるが、葉歌などはいささか瞳に好奇の色すら宿している。鍠牙ですら、腕組みして成り行きを見守っている。

　両者の言い合いは更に続く。

「そもそも、君はどうして風刃を止めないんだ」

「何故私に言うんですか」

「あの男が君の想い人だからだ」

　その言葉を聞いた途端、秋茗はぴたりと口を閉ざした。

「別に隠す必要はない。誰にも迷惑をかけず節度を持って交際することは、非難されるべきことでもないだろう」

　畳みかけられても、秋茗は固まったまま反応しなかった。それを聞いていた火琳と葉歌と里里が唖然とする。

「え、バカじゃないの？」

「うわ……さいってーじゃないですか」

「本当に最低ですね」

　その場の空気が痛いくらいに凍り付く。雷真は自分の何がこんな空気をもたらしてしまったのか理解できず戸惑っている。

　冷ややかな空気の中、一人動いたのは炎玲だった。炎玲はとことこと秋茗の足下に駆け寄ると、彼女の裾を引く。秋茗ははっとそれに気づき、すぐに炎玲を抱き上げた。

「……炎玲様、どうしたんですか？」

炎玲は秋茗の首に抱きつき、励ますようにその背中をポンポンと叩いた。そしてくるりと振り返り、あどけない瞳を雷真に据える。

「雷真、風刃のことばかりしんぱいしてないで、じぶんの仕事をしなよ。風刃のことは僕がしんぱいするから、お前はしんぱいしなくていい。ちゃんとじぶんの仕事をして、僕のだいじな火琳をまもっていてよ。お前はおとなで、男なんだから」

雷真は返す言葉を失った。その他の一同も絶句する。

「秋茗、さむくなってきたからお部屋にもどろう」

「あ……はい」

表情を凍《い》てつかせていた秋茗も解凍し、炎玲を抱いたまま部屋へ戻ろうとする。

一連のやり取りに、玲琳は思わず笑ってしまった。

「あの子の言う通りね。お前は火琳を守っていなさい」

「そうよ、お前は私を守っていればいいのよ」

母娘に口を揃えられ、雷真は頷くことしかできなかった。

すごすごと去ってゆく雷真を見送り、玲琳は葉歌の方を向いた。

「では、今日もお願いね？」

そんなやり取りがなされていたことなど、当の本人である風刃は知る由もない。

風刃がその日王宮を離れて訪ねたのは、裏街と呼ばれる場所だった。そこに古くから住んでいる蠱師を探して訪れたのである。

王妃が蠱師であることは今や皆の知るところであるが、だからといって国にそれ以外の蠱師がいないわけではない。人目につかぬ裏の世界に、蠱師は昔からどの国にも存在してきたのだ。

風刃はその蠱師を探し出し、とある毒を作ってもらおうとしていたのである。

蠱を——犬神を殺すための毒だ。

犬神を殺すのは諦めろと言う玲琳には頼めないものだった。

裏街には昔から有名な一人の蠱師がおり、風刃はその蠱師に蠱を殺すための毒を依頼することにしたのである。

風刃の依頼に、蠱師は明後日《あさって》まで待てと言った。毒の生成には時間がかかるらしい。

風刃は明後日にまた毒を取りに来ると約束し、王宮へと帰ることにした。

日が暮れて人通りもなくなった深夜、風刃は一人帰路についた。

王宮へ続く都の通りを歩きながら、幾重にも考えを巡らせる。

毒さえあれば……自分の手で犬神を殺すことができるはずだ。紅玉の始末はその後でいい。あの時のことを知っている者はそれで全ていなくなる。

それを想像しながら歩いていると、不意に生ぬるい風が吹いた。その風に頬を撫でられ、ぞくりと背筋が冷たくなった。

「なん……だ……？」

とっさに辺りを見回し、道の先の一点でぎくりと目を留めた。

ばくんばくんと破裂しそうなほどに心臓が鳴り出す。

暗闇の中、奇妙なほどくっきりと見える黒い姿。しなやかで巨大な体。爛々と輝く四ツ目。誰もいない路地に、犬神が立っていた。

風刃はその黒い影に見入った。足が地面に張り付いて動かない。瞬き一つすることができず、肉体が彫像になったかのようだった。

犬神は緩慢な動作で風刃に近づいてきた。動くことのできない風刃に肉薄すると、ゆっくり巨大な口を開ける。一瞬、そのままそこに飲み込まれてしまいたいような気がした。が、寸前で正気に返り、慌てて飛びのく。ばくんと閉じられた犬神の口に、風刃が喰われることはなかった。

「くそっ……呆けてる場合じゃねえ」

呟き、剣を抜く。犬神が再び口を開けた。何でこんなに静かなんだ？　と、不思議に思う。この世から音が消えてしまったみたいだ。静寂の中、風刃は剣を振った。しかしその刃を受けても犬神はまるで傷を負うことなく、またしても巨大な口を開く。風刃は飛びのいたが、今度は回避が遅れて牙が腕をかすめた。ほんのわずかの接触で皮膚は裂け、血が噴き出した。恐怖ゆえか膝の力が抜け、がくんと地面に頽《くずお》れる。

　勝てるわけがない……はなから無謀なことをしようとしていたのだ。こんな怪物に、いったい誰が勝てる？　自分はここで喰われるのだ……

「なあ……お前はいったい……何なんだ……？　なんで人を喰らう？　あの時……なんで俺の親父を喰った？」

　いや、違う……本当はこんなことが聞きたいんじゃない。本当に聞きたいのは――

「お前は……あの時、俺がしたことを見たのか？」

　しかし、その問いかけに犬神は答えなかった。当然だ。怪物が人の言葉を理解するはずもない。やっぱり自分はここで無為《むい》に喰われるだけなのだ。諦めという名の穏やかな感情が全身を包んだその時――突然犬神は口を閉じた。警戒したように辺りを見回し、飛び退る。

　いったい何だと風刃は訝った。この怪物が避けるような者など、蠱師である玲琳くらいではないのか？　いや、あの玲琳に対してすら、犬神は牙を剝いていた。

　いったい何が起きているのか分からない風刃を、犬神は四ツ目でじっと見つめ、ゆっくり踵を返した。

静かに消えてゆく犬神の後ろ姿を、風刃は身動きもできずにただ見ていた。誰もいなくなると、荒い息をついていることに気が付いた。しかし、自分が生きている実感がない。本当はもう、喰われてしまったのではないかと奇妙な感覚にとらわれる。しばしその場で膝をついていると、次第に血が通って皮膚に感覚が戻ってきた。静かだった世界に音が聞こえる。自分はまだ生きている。

風刃はのっそりと立ち上がった。腕の傷が痛み、顔をしかめる。

このままでは血が流れ過ぎて死んでしまう。手当てをしなければ……そう思い、風刃は残った気力を振り絞って王宮へ戻る道を再びたどり始めた。

王宮へ帰り着くと、なるべく人の少ない場所を選び、中へと入ってゆく。この状況を、人に知られたくなかった。

どうにか自分の部屋へ戻ると、風刃は荒い息をしながら上の服を脱いだ。鋭く裂けた腕の血は止まっておらず、床に滴《したた》る。

部屋には手当ての道具が一式そろえてあるので、包帯やら薬やらを取り出すと、赤い水玉模様ができた床に座り込む。傷に薬をぶっかけて包帯を巻こうとするが、自分で自分の腕に巻くのは難しく、次第に息が切れてきた。

これは炎玲に見せられない。泣かせてしまうかもしれない。朦朧《もうろう》としながらそんなことを考える。あの子が泣くところなんて、絶対に見たくない。それなのに……血が止まらない。

ぐっと歯を噛みしめて再び包帯を締めようとすると、不意に部屋の戸が叩かれた。

風刃はとっさに息を殺す。物音一つ立てぬよう、じっとしてやり過ごそうとしたが、部屋の戸を叩く何者かは諦めようとせず、何度も何度も繰り返し戸を叩くのだった。

こんなことで騒ぎを起こしたくない。頼むから消えてくれ。無言で祈っていると、ようやく戸を叩く音がしなくなった。風刃が安堵の吐息を漏らした次の瞬間――

「おい、いないのか」

突如険しい声と共に部屋の戸が開かれた。入ってきたのは雷真だった。

彼の姿を見た瞬間、風刃はこの男をぶち殺してやりたい衝動に駆られた。そういえば今、この世で一番この男に会いたくないと思っていた。

「部屋の外に血の跡がある。あれは貴様のか？」

詰問《きつもん》され、風刃は顔を背けた。半身になって傷を隠す。

「てめえに関係ねーだろ」

「……怪我をしているのか？」

雷真は風刃の言葉に耳も貸さず、近づいてくる。そして、薄明かりのなか風刃が腕から血を流していることに気づき、愕然とする。

「貴様……その傷はどうした！」

「だから関係ねえって！」

「いいから見せろ！」

雷真は声を荒らげて風刃の腕を摑んだ。間近で傷を確認し、息を吞む。

「……手当てが必要だな、秋茗殿を呼ぼう」

「やめろ！ 糞《くそ》バカ能無し野郎！」

風刃はとっさに叫んだ。

「秋茗が見たら卒倒するかもしれねえだろが！」

「……そうか、分かった」

短く言うと、雷真は背を向けて部屋から出て行った。呆気《あっけ》ない幕切れに、風刃は怒りの矛先を失う。部屋の中が急に寒くなった気がして、ただぽつんとその場に座り込んでいた。

手当てを……する必要はあるのか……？

そんな思いが生まれたその時、再び部屋の戸が勢いよく開かれた。雷真が息を切らしつつ駆け込んでくる。手には怪しげな壺を携《たずさ》え、大量の包帯を抱えていた。

「てめえ……消えたんじゃなかったのかよ」

風刃は思わず立ち上がっていた。何か、臨戦態勢を取らねばならないような焦燥感《しょうそうかん》に駆られていた。

「秋茗殿が無理なら仕方ないだろう。私で我慢しろ、座れ」

厳しく真っ直ぐな目を向けられ、風刃はぎりと歯嚙みした。

「……嫌だね、何でてめえに……」

「いいから座れ!!」

部屋中の空気がびりびりと震える大音声《だいおんじょう》で怒鳴られ、風刃は驚きに固まった。

「貴様が私を嫌いだろうがどうでもいい！　座れ！」

雷真は声を荒らげて床を指さした。激情を隠そうともしないその顔を真正面から見返し、風刃は虚を突かれて怒りや絶望が吹き飛んだ。

この男……焦っている……？

風刃の怪我を見て焦っている。鋼鉄のごとき堅物《かたぶつ》のこの男が、感情をあらわに叫んでいる。馬鹿みたいに動揺している。

不意に可笑しさのようなものが込み上げてきた。

どかっとその場に座り、血の滴る腕を突き出す。

「やりたきゃ勝手にやれ」

命令のような許可を受け、雷真は少し安堵したように深呼吸した。

向かい合わせに座り、血の滴る腕に壺の中身を塗りつけようとする。どす黒いどろどろの液体とも固体ともつかぬそれは、激臭がした。

「くっせえな……何だよそれ」

「お妃様から頂戴したのだ。毒ミミズの糞を発酵させて蝙蝠の小便がどうとか……たちどころに傷が塞がるらしい」

説明されて風刃はぎょっとした。どろどろの内容ではなく、玲琳に知られたということに動揺したのである。しかし雷真はたちまちその動揺を察して言った。

「案じるな、お前が怪我をしたことは言っていない」

その言葉に一瞬ほっとするものの、しかしすぐに、玲琳ならば風刃が怪我したことを容易く見抜いてしまいそうだとも思うのだった。

「まあいいさ、さっさとやれよ」

そう急かすと、雷真は壺の中身を刷毛《はけ》でどろりとすくい、傷口にべったりと塗りつけた。途端、塩を擦り込まれたかのような激痛で息が止まる。

「私はこういうことに慣れていない。下手でも少し我慢しろ」

雷真は真剣な顔で淡々と作業を進めてゆく。この世で一番弱みを見せたくない相手に手当てをされるという屈辱に、風刃は耐え続けた。

結局のところ、この男が善良であることを風刃はよく知っている。困っている相手なら誰でも助け、傷ついている相手なら誰でも手当てをするのだろう。たとえそれが嫌いな男であってもだ。

この、お綺麗な男の顔を歪めてみたいと不意に思った。

「……あの犬神は、俺の親父を喰い殺した怪物だ」

唐突な発言に、薬の上から包帯を不器用に巻き付けていた雷真の手が止まった。

「だから俺はこの手であの怪物を殺してやろうと思ってんだよ」

そして返り討ちにあったわけだが——

さて、この男はどんな反応をするだろうかと風刃は様子をうかがった。

気の毒にと憐れむのか、個人的な恨みで王子の護衛を放棄するなと怒るのか、あるいはくだらないと一蹴するのか——

風刃が想像を巡らせた数拍後、雷真は顔を上げた。

「そうか、ならば私も手伝おう」

あっさりとそう言われ、風刃は座ったままつんのめってこけたような気分になった。

「は？　本気か？」

「理由があったのなら、初めから言えばよかったんだ。そうすれば私も初めから貴様を手助けしただろう」

「……馬鹿じゃねえの」

風刃は半ば放心しつつ言った。自分たちは天敵で、毎日あれほどいがみ合っている。

そんな人間をどうして手助けしようなんて思えるのか……

「私は貴様が嫌いだが、同志だと思っている。困っていれば助けるのは当然のことだ。それが正しいことだ」

「……やっぱり俺はてめえがこの世で一番嫌いだよ」

「奇遇だな、私もだ。そして包帯の巻き具合が不細工になってしまったが、まあおとなしくしていれば問題はないだろう。許せ」

と、彼は風刃から手を離して深呼吸した。確かに包帯は不格好で、無駄にぐるぐると巻きつけ過ぎてほとんど腕が動かせない。明後日までに治るだろうか……

そう考えていると、雷真が生真面目な顔をなおのこと生真面目にして真っ直ぐ見据えてきた。

「私は貴様を手伝おう。だが、一つ腑に落ちないことがある。貴様は親を犬神に殺されていながら、何故お妃様にお仕えしているんだ？」

それを――いつか誰かに聞かれるだろうという思いはあった。聞かれた時に相手を納得させる適当な答えもあれこれと用意していた。ただ、この男から聞かれるとは思っていなかったので……

「綺麗だと思ったからだ」

風刃は今まで誰にも言ったことのなかったことを、口にしてしまっていた。

しまった……と、思わなかったわけではない。だが、思いに反して口は止まってくれなかった。

「親父をバリバリ喰ってるあの怪物を見て、俺は綺麗だと思っちまった。見惚《みと》れた。あんなに強くて綺麗なものを、俺は見たことがねえよ。あの時から俺は、そういうモノに囚《とら》われたんだ。誰に言っても理解されるようなことじゃねえし、誰にも言わずにやってきたけど、あの夜……」

玲琳が初めて裏街にやってきたあの夜——彼女の使う毒蛇に、風刃は心を奪われた。抑圧してきた思いは止まらなくなった。好きなもののために生きていたい……這いつくばるならあの人の足下がいい……そう思ったのだ。

「玲琳様に会って、俺は自分を偽るのをやめたんだ。あの人のために生きて死にたい。だけど……時々、善とか悪とか矛盾とか劣等感とか罪悪感とか色んなもので頭ン中がぐちゃぐちゃになりそうになることがある。だから俺は、あの犬神を殺さないといけねえんだ」

「なるほど話は分かったわ」

突然、いるはずのない女の声が割って入り、風刃と雷真は同時に仰天して振り向いた。細く開いた戸の隙間から、玲琳が顔をのぞかせていた。

「こんなに近寄っても気づかないなんて迂闊《うかつ》ねえ。お前たち、話に集中しすぎだわ」

普段ならもっと早く気づいたはずだと笑いながら、玲琳は部屋に入ってきた。

何故か風刃は、とてつもなく気まずいところを見られたような気持ちになった。しかし玲琳は風刃の気まずさなど蹴散らして近づいてくる。

「手酷くやられたわね」

穏やかに言われ、少し気持ちが和らいだ。

「……犬神に襲われました」

「ふふ……また予言が当たったということだわ」

玲琳は楽しげに笑いながら歌うように言う。風刃はその姿に思わず見入った。恐ろしい予言をこんなにも楽しそうに笑ってみせる。この世にこれほど美しく悍ましい人はいないに違いない。

「予言なんて嘘っぱちですよ、玲琳様。あの女は都合の悪い相手に死を予言して、そいつを犬神で殺してる術者だ」

風刃は厳しくそう言ってのけた。言いながら、何故彼女は風刃が予言を受けたことを知っているのだろうと不思議に思った。

その疑問を感じ取ったかのように、玲琳は笑みを深めた。

「風刃、私はお前がこの数日何をしていたか知っているわ」

「……は？」

思わず呆けた声が出た。

「私の手駒には、凄腕《すごうで》の間諜《かんちょう》がいるのよ。それがずっと、お前の行動を調べていたわ。お前が被害者のことを聞き込み、紅玉を脅し、裏街の術者に犬神を殺す毒を依頼したことも私は全て知っている」

「なっ……嘘だ。そんな気配どこにもなかった」

さすがに風刃は慌てた。

「そうでしょうね、それほどの凄腕よ。蟲たちや、犬神ですら避けるほどにね」

「まさか、さっき犬神が急に逃げたのは……」

「その間諜を嫌がったからでしょう」

とても信じられなかったが、この人の口から出てくるとどれほど荒唐無稽な言葉でも真実のように聞こえてしまうのが不思議だった。

「お前はこの数日調べたことから、紅玉を犬神の術者だと思ったのね？」

「それ以外の何だっていうんです」

玲琳は鷹揚に微笑み、一つ頷く。

「いいわ、それを私が確かめてあげる。さっき、犬神から術者を辿る蟲が無事に生まれたのよ。明日、それを使って私は犬神の術者を突き止めようと思っているわ」

「そんなことが可能なのですか？」

疑るように聞いたのは雷真だった。

「ええ、その代わり、お前たちにはしてもらいたいことがある」

「私たちに何をさせるおつもりでしょう？」

雷真の声にかすかな警戒の色が宿る。この男は基本的に蠱師や蠱術を信用していない。そして自分が理解できないそれらの術を自在に操る玲琳のことを、何より信用していないのだ。

玲琳はその警戒心を知ってか知らずか、妖しくにやりと笑った。

「鍠牙の目を盗んで、私を王宮から出してちょうだい」

その要求を突き付けられた二人は、呆気にとられた。

風刃は、彼女を出し抜いて犬神をこの手で殺すつもりだった。

それができると信じていた。

けれど……自分は結局、彼女の手の上で暴れていただけだったのだ。


そして翌日――

「玲琳様、声を出さないでくださいよ」

風刃はぼそぼそと話しながら王宮を歩く。彼は大きな土嚢《どのう》を運んでいた。

平静を装ってすれ違う人々に挨拶しながら、王宮の外へと通じる門をくぐる。

「どこへ運ぶんです？」

門番が不思議に思って聞いてきた。

「ああ、怪物が襲ってくるのに備えて土塁《どるい》を築く必要があるとか、陛下の命令で」

とか何とか適当に嘘を。

そうして風刃は王宮の外へ土嚢を運び出し、人気のない場所で袋の口を開けた。

「ああ、苦しかった」

伸びをしながら立ち上がる。こうして玲琳は無事王宮から抜け出したのだった。

「お疲れさまでした」

恭しく礼をする風刃は、昨日大怪我をしたばかりとは思えないほど元気そうだ。

「傷は良さそうね、風刃」

「ええ、もう動かせるくらいです。玲琳様は本当にすげえな。血を補うためだって飲ませてくれた毒蝙蝠の血も効いたみたいですよ」

風刃はぶんと腕を振る。

「それは良かったわ、では行きましょうか」

玲琳はついっと指を空に掲げた。その指先に深紅の蝶が一匹とまっている。

「よく生まれてくれたわね……あなたは血を辿り私を導く道しるべよ。どうか私をかの者と繋がる術者のもとへ連れていっておくれ」

そう囁きかけると、蝶はひらひら宙を舞い始めた。

「玲琳様、ここまで連れ出しといて今更言うのもあれですけど、どうせ術者は紅玉に決まってますよ。他の人間なわけがない。すぐに王宮へ引き返すことになると思いますけどね」

彼は玲琳のこの行為を無意味と思っているらしかった。しかし蝶は王宮へ戻ろうとはしなかった。街中へとひらひら飛んでゆく蝶を見て、風刃は真剣な顔になる。

「玲琳様、馬を用意してあります」

彼は手際よく馬を引いてくると、玲琳をそこへ乗せ、自分もその後ろに飛び乗った。

「あの美しいひとを追えばいいんですね？」

そう確認して馬を駆り、蝶を追う。

「王宮とは全然違う方向に向かってる……まさか本当に、術者が他にいんのかよ」

風刃は険しい顔で空を睨む。

青い空に一点の紅が、まるで血飛沫のごとく飛んでいる。

それを追いかけて馬を駆り続け、次第に風刃の顔色が変わってきた。

「ここは……裏街……？」

そう、蝶が向かった先は、風刃の育った街でもある裏街だった。

玲琳も何度か訪れた街ではあるものの、裏街というのは広く、どこに何があるのか全く把握できていない。

うらぶれた街である。貧しさが全体を覆っているのに、その内側には奇妙な力と色が秘められていて、昼間でも妖しい雰囲気を漂わせている。

「おい……ちょっと待てよ。嘘だろ……」

蝶を追って道を進むにつれて、風刃は表情を引きつらせた。

「この先ってまさか……」

そこで言葉を失う。蝶は一軒の小屋の前でその羽ばたきを止めた。玲琳のもとへ戻ってくると、肩に留まる。

「ここにいるのね……？」

言いながら背後を振り返る。風刃は真っ青な顔をしている。

「風刃、お前ここに住んでいる者を知っているの？」

玲琳は穏やかに、しかし強く問い質した。

「……蠱師です。裏街に昔から住んでる……」

「……そう、行きましょう」

玲琳は馬から降りて、小屋の戸を開いた。小屋の中は独特な匂いに満ちていた。乾いた草や怪しげな干物。玲琳もよく知っているうっとりするような臭気……

「何だい？　何か依頼かい？」

小屋の奥からそう聞いてきたのは、五十歳頃と思しき一人の女だった。

奇妙な色気のあるその中年女は、玲琳を上から下まで眺めまわして鼻で笑った。

「ずいぶんいい身なりじゃないか。あんた、どこのお嬢さんだい？　こんなところまでやってきて、いったい誰を呪おうってのさ」

「お前は蠱師？」

玲琳は瞳を輝かせて彼女を見つめた。その瞳が慣れぬものだったのか、女はたじろいだ。

「あ、ああ……そうだよ。あたしは蠱師さ。そういうお前さんは呪殺を依頼しにきたんじゃないのかい？」

蠱師の女はそう聞きながら、玲琳の瞳に視線を定めていた。目を合わせていると、彼女の額には次第に玉のような汗が浮かび、恐ろしいものを前にしたかのように後ずさりはじめた。

「あんた……何者さ……」

蠱師の女が気丈にも問いかけてきたその時、後ろから風刃が入ってきた。女はたちまち全身の力を緩め、ほっと息をついた。

「何だ、風刃じゃないか。あんたの女かい？　ずいぶん上等なお嬢さんに手を出したもんだね。なんだか嫌な感じがするけど、あんたの連れならまあ信用しようじゃないか。残念だけど、約束の毒はまだできてないよ。明日まで待っておくれ」

ひらりと追い返すように手を振る。

この女は血を舐めもせずに玲琳の蠱師の力を感じ取っているのだろうか？　だとしたら、ずいぶんと勘のいい蠱師だ。

蠱毒の里の蠱師しか知らない玲琳にとって、彼女の存在は新鮮だった。しかし己の好奇心を脇へ置き、玲琳は背後の風刃を見やる。

「風刃、この蠱師がお前の浮気相手ね？　私というものがありながら、ずいぶん移り気だこと」

揶揄するように問いかけるが、風刃は答える余裕がないらしく女を睨みつけている。

玲琳は肩をすくめて蠱師の女に向き直った。

「私はお前に依頼をしにきたわけではないわ」

その高慢な物言いに圧を感じたのか、女はわずかに身構えた。

「近頃都で怪物が出没しているという話を知っているかしら？」

「……ああ、噂は聞いてるよ。それが何だってんだい」

「その怪物――犬神を造蠱したのはお前だね？」

玲琳は詰問するような口調で問いながら、むしろ優しく笑いかけた。

しかし蠱師の女はぽかんとした。

「……何の話だい？」

寝耳に水といわんばかりの混乱ぶりで、女は玲琳と風刃を交互に見た。

犯人の誤魔化し——というにはどうもお粗末がすぎる。この女は本当に何も知らない様子だ。だが、玲琳は自分の蠱が標的を間違えるなどありえないと確信していた。

「十三年前にも、裏街には犬神が出現して男を一人喰っている。それと同じ犬神が、今また都に現れて人を喰っているのよ。お前はこの犬神に心当たりがあるはずだわ」

蠱師の女はしばし放心し、記憶をたどるようにぐるぐると目を動かした。そして段々と表情が変わってゆく。

「心当たりがあるのね？」

「あたしは何も……」

「言いなさい」

玲琳は女に歩み寄った。袖口から蟲たちの目が爛々と覗き、女はぎくりと全身を強《こわ》張《ば》らせた。

「あんた……蠱師かい!?　まさか…………風刃が仕えてる蠱師の王妃!?」

「へえ、私も有名になったこと。さあ、答えなさい。私はお前を逃がさないし、どんな手を使ってでもお前から犬神のことを聞き出すわ。けれど、同じ蠱師としてお前には敬意も抱いている。おとなしく全てを吐き出すのならば優しくするわ」

柔和な微笑みを浮かべる玲琳に、女は益々《ますます》青ざめた。

「……依頼人の情報を売ったりしたら、この世界じゃ生きていけないよ」

「物理的に生きていけないのとどちらがましかしら？　蠱師としての誇りに殉《じゅん》じるというのなら、お前を尊重するけれど？」

「蠱師が蠱師を殺そうってのかい？」

女は逃げるように後ずさる。

「できるかどうか、試してみるのは面白そうね」

ふふっと玲琳は笑う。親しげなその笑い方に、蠱師の女は身震いした。

「……もう死んでるやつの話なら、ちょっとばかり教えてやってもいい」

彼女は折れた。

「話しなさい」

玲琳は圧のある口調で促した。女は一つ深呼吸し、苦々しげに口を開いた。

「十四年前、金剛《こんごう》一家に犬神の造蠱法を売ったことがある」

すると、隣に立っていた風刃の手がぴくりと動いた。

「金剛一家？　金剛一家って……あの？」

「ああ、あの金剛一家さ」

玲琳はぱっと手を上げて話をせき止めた。

「金剛一家というのは何者？」

聞いたこともない名前だ。

「裏街を支配してたヤクザ者の一派だよ。残虐で、タチの悪い奴らでね、金になることは何でもやるような奴らだった。あたしのお得意様で、依頼を受けては蠱毒を売ってやったもんさ。そいつらが犬神に興味を持っててね、造蠱法を授けてやったことがある」

その説明に、玲琳はううんと考え込んだ。

「それほど容易いとは思えないけれど？」

犬神の造蠱法は悍ましくも単純だ。しかし、決して容易くはない。憎悪を極限まで煽らねば、犬は犬神にならないからだ。故に、素人が真似をしたところで犬の死体が一つ出来上がって終わる羽目になる。ましてや蠱師の血を持たぬ者がそんなことをすれば、生み出したところで犬神を支配できず真っ先に喰い殺されるのが関の山だ。

蠱師の女は玲琳の言わんとするところをすぐさま察した。

「ああ、だからあいつらには造蠱法のついでに、あたしが育てた犬神の血も分けてやったのさ。毒と憎悪をたっぷりため込んだ犬神の血だ。それを飲ませれば素人でも犬を犬神にできる。それに、生まれた犬神を支配することもね」

なるほど、蠱師が生み出した犬神は、蠱師の血を飲んで育つ。その犬神の血を飲んで生まれた犬神にも、蠱師の血の匂いは残っているはずだ。つまり玲琳の蝶は、犬神に染み付いたこの女の匂いを辿ってここまで来たということだ。

「ならば、金剛一家というのが今どこにいるか教えてちょうだい」

玲琳が話を先へ進めると、女は何とも言えない表情をした。少し困っている様子でもあるし、皮肉っぽい雰囲気でもあった。

「玲琳様、それは無理ですよ」

代わりに答えたのは風刃だった。

「金剛一家は十四年前に全滅してる。一族郎党、皆殺しにされてんだ」

「まさか、しくじって自分たちが生み出した犬神に喰われたの？」

玲琳はピンと来てそう聞いたが、風刃はぶんと一回首を振った。

「いや、この国の国王陛下に滅ぼされたんですよ」

この国の国王──その言葉が意味する人物を玲琳は一人しか知らず、驚愕する。

「鍠牙が？」

あの男がヤクザ一家を殲滅《せんめつ》……ありそうな話でもあったし、ありえぬ話でもあった。

彼はこの世の全てを嫌っていて、いざとなれば百人殺しても千人殺しても……この世の全てが崩壊しても心ひとつ痛めぬ男ではあるが、そういう己を皮膚の内側に留《とど》めて己を律することができる男でもあるからだ。

玲琳が訝しげに眉を寄せていると、風刃が言った。

「いや、違いますよ。楊鍠牙陛下じゃありません。十四年前に王だったのは、鍠牙様の御父上《おちちうえ》です」

なるほどとようやく得心がいく。鍠牙の父親……玲琳にとっては見ず知らずの男である。ただ、夕蓮という希代の化け物を唯一殺し得た男だとも聞いている。

「金剛一家は麻薬を売りさばいて金を稼いでたって聞いてます。俺も、ガキの頃売りつけられそうになったことがある」

そこで風刃は一瞬苦々しげに顔を歪めた。

「その金で、奴らは反乱を起こして国を乗っ取ろうとしたんですよ。それがバレて、当時の王様に叩き殺されたって話だ。馬鹿だよな……国を盗《と》れるなんて、なんでそんな夢を見たんだか……。とにかく奴らはとっくの昔に滅んだんだ、今でも犬神を操ってるなんてありえない」

彼はそう締めくくる。

「あたしもそう思うけどね。奴らがどう犬神を使ったかなんて知らないけど、その犬神ってのはもしかすると術者を失って野良になって、人を喰い続けて存在しているんじゃないかい？」

「いや、それはありえねえだろ。犬神は紅玉の予言通りに出没してるんだぜ？　野良の犬神がどうして人の言うことを聞くんだよ」

「金剛一家とやらが、生き残っていればいいのではないの？」

玲琳は二人の言い合いに口を挟んだ。二人は虚を突かれて一時黙った。

「あの犬神は間違いなくこの蠱師が授けた造蠱法で生まれたもの。その造蠱法を授けられたのは金剛一家以外にいない。だとしたら――金剛一家の者が生き残っているとしか思えないわ」

蠱師の女は難しい顔で考え込んだ。

「奴らが逃げおおせるのは困難だろうね。あいつらは一家の証《あかし》に全員手足や体に刺青を入れてて、悪目立ちしちまうのさ」

「ああ、そーいやそうだったな。奴らの刺青を見たらすぐに逃げろって、ガキの頃みんなで……ああ！」

突如風刃は叫んだ。

「刺青だ！　あれがそうだったんだ!!」

玲琳はぎょっとして風刃の腕を引いた。

「落ち着きなさい、刺青がどうしたというのよ」

「紅玉の体に刺青があった！　奴らが入れてたのと同じ鳥の刺青が、こう胸のところに……きっと手足にも刺青があるんだよ。だからあんな暑苦しい格好で手足を隠してやがるんだ！」

自分の胸をドンドンと指で叩きながら声を張る。風刃は怒りに身を震わせて、きつく拳を握った。

「玲琳様、あいつの正体はやっぱり犬神を操る術者だ。だけど依頼されて王子や王女を殺そうとしてるんじゃない。あいつは……一家を殺された復讐をしに来た復讐者なんだよ」


その頃、魁国王楊鍠牙は妻を捜していた。

彼女の姿が見えない。子供たちの身に危険が迫っているというこの時に、蠱師である玲琳が傍にいないのだ。彼女の身にも何かあったのかと、一瞬想像して総毛だった。

優しい父親の振りをしていられるのは彼女がいるからだ。

正しい王の顔をしていられるのは彼女がいるからだ。

あの禍々《まがまが》しく美しい蠱師に支配されているから、鍠牙はまともでいられるのだ。

彼女を失ったら、自分が何になってしまうのか鍠牙はもう分からない。

吐き気を堪え、後宮中を歩き回って捜していると、普段は火琳の傍で彼女を守っているはずの雷真が奇妙に沈痛な面持ちで目の前に現れた。彼は突如廊下に座し、膝の上できつく拳を固め、覚悟を決めたように鍠牙を見上げた。

「陛下、お手合わせ願います」

「…………は？」

鍠牙はぽかんとした。この男が常識的な振りをして実は中々に奇奇怪怪な思考回路の持ち主であることは知っている。直線すぎるがゆえに自然的曲線と全く嚙み合わぬという歪。それは分かっているが……それにしても何を言い出すのかと呆れた。

「雷真、つまらない冗談を言っている暇があったら妃を捜すのを手伝ってくれ。彼女の姿がさっきから見えないんだ」

「……私はお妃様より、陛下を足止めするよう命じられております」

その言葉を聞いた瞬間、鍠牙の思考は停止した。ややあって再び仕事を始めた頭の中は、ずいぶんと澄み渡っていて心地いいほどだった。それは安堵のようでもあったし、怒りのようでもあった。

「妃は王宮の外へ出たんだな？」

足止めという言葉からすぐさまそれを連想した。どれほど警備を固めても、彼女がここから出ると決めたらどうやってでも出るだろうことは容易く想像できる。雷真は苦渋の表情で重々しく頷いた。

「どこへ行った？」

「それは存じません。ただ、お妃様は犬神を操る術者を突き止めに行くとおっしゃいました。その間、陛下を足止めするようにと」

その言葉に嘘はなかろう。この男は基本的に嘘を吐かない。

「そうか……お前が妃とそんなに親しいとは知らなかったな」

鍠牙が苦笑すると、雷真はうぐっと呻いて酷く傷ついたような顔をした。

「私がお慕いするのは陛下お一人。しかし……私は犬神を退治したいという風刃に、手を貸すと約束を交わしてしまいました。その舌の根も乾かぬうちに約束を反故《ほご》にするのは正しくありません」

「ならば俺の命令に背くのは、お前にとって正しいか？」

鍠牙は腕組みして淡々と問い詰める。その言葉は彼を痛めつけているのだろう、雷真の拳にどんどん力が入ってゆくのが見ていて分かった。

「命令に背くことはできません。ですから、手合わせを願い出ております。王女殿下をお守りするため、武力に磨きをかけることは私の使命。これは陛下の命に何ら背くことではないと思っています。どうか、お手合わせを」

己を奮い立たせるようにそう言うと、雷真は立ち上がった。

鍠牙は極めて冷静な思考で彼を眺め、この男が怪我をしたら火琳が悲しむだろうなと思った。

そもそも、自分は武人ではない。剣術の稽古をするのは昔から好きだったが、自分がさして強くないことを鍠牙はよく知っていた。

火琳の護衛を任せた雷真の方が遥《はる》かに強い。

炎玲の護衛を任せた風刃の方が遥かに強い。

玲琳を密《ひそ》かに守り続けている女官の葉歌など遥か天上だ。

この世の中に鍠牙が勝てる者などいったいどれだけいるだろう。

武を極めんとする者から見れば、自分は蟲のようなものに違いない。

真っ直ぐな強さとは真逆の、醜悪で……悼ましい……毒に塗れた何かなのだ。

己の弱さを痛いほどに感じながら、鍠牙は漠然と何かを摑むように手を伸ばした。

その動きがあまりに鈍重《どんじゅう》だったせいか、雷真は戸惑いながらも鍠牙の手を避けたり摑んだりはしなかった。

鍠牙は彼の胸ぐらを何げなく摑み――そして思い切りその腹を殴りつけた。

鈍く嫌な音がして、雷真は呻きながらその場に頽れた。彼は革の鎧《よろい》をつけていたが、その鎧は変にへし曲がっていた。

鍠牙は雷真の前に跪き、軽く肩を叩いた。

「火琳には痕を見せないようにな」

そう言って立ち上がり、踵を返して去ろうとする。

「陛下！」

　雷真が苦しげに腹を押さえて叫んだ。

「すまんな」

　鍠牙は軽く謝罪する。本気ですまないとは思っているのだ。火琳の大事な護衛役を傷つけたいわけではない。

　しかし雷真は鍠牙の謝罪など耳に入らぬ様子で、わなわなと震えながら鍠牙の手を見ていた。今までに見たことのない恐怖心に顔を歪めている。

「陛下……お手が……」

　言われて鍠牙はちょっと手を持ち上げた。

「ああ……折れたな」

　見事に拳の骨が折れたと思う。この手はしばらく使い物になるまい。痛いか痛くないかで聞かれれば、ものすごく痛い。が、それはどこか薄皮一枚隔てた向こう側の出来事のようで、鍠牙はその痛みを無視した。痛いから……だから何だというのだろう。

　普通、人は自分の肉体を壊すほど力を入れられないと聞く。痛みがそれを妨げるのだと。ただ、自分は弱いので……あまりにも弱いので……こんな風に己の体をぐちゃぐちゃにしなければ、強い相手には太刀打ちできない。

　まともに動かなくなった右腕をぶらんと放置し、鍠牙はその場を立ち去ろうとして、ふと思いついたように尋ねた。

「あの子たちはどこにいる？」

「……毒草園に」

鍠牙の足止めを命じられたはずの雷真は、呆気なく口を割った。自分の行動でこれ以上鍠牙を傷つけることを恐れたのかもしれない。

「そうか、ありがとう」

鍠牙はいつものように笑いかけ、その場を後にした。

外へ出て、庭園を歩き、玲琳の毒草園へ足を踏み入れるとそこには捜し求めた双子の姿があった。草むらに座り、ひそひそと何か楽しそうに話し合っている。その傍らで、お付き女官の秋茗が二人を優しく見守っていた。

鍠牙は一旦足を止め、その光景を眺めた。一度深呼吸し、いつも通りの顔を作って近づいてゆく。

「火琳、炎玲、少しいいか？　お前たちに大切なお話があるんだ」

すると子供たちはぱっと立ち上がり、嬉しそうな顔で駆け寄ってきた。

「なあに？　お父様」

鍠牙は折れた手で双子を同時に抱き上げ、歩きながら話し始めた。

「実は、これから少しのあいだ、お前たちにはお父様の部屋にいてほしいんだ。悪いヤツがお前たちを狙ってると言っただろう？　そいつが捕まるまでほんの少しの間でいい、部屋から出ないでほしいんだ」

柔らかな監禁宣言に、子供たちはお互い顔を見合わせた。困ったような顔で何かを考えこんでいる。

「お庭に出るのもダメなの？」

「ああ、部屋から一歩も出ちゃダメだ」

「どうしても？」

「ああ、どうしても」

すると二人は悲しげな顔をして、しおしおと萎《しな》びたようになった。

鍠牙は胸が潰れるような思いがした。

部屋から出られないのはきっと退屈だろう。好きなところで好きなように遊びたいだろう。可哀想《かわいそう》に……。

鍠牙は頭の中で諸悪の根源たる犬神とやらを切り刻んだ。とはいえ、鍠牙は犬神の姿を見たことがなかったから、想像上の犬神はいいかげんな犬の姿をしていた。

「なあに、すぐ悪いヤツは退治される。そうしたら思い切り外で遊ぶといい」

鍠牙は明朗に笑いかけた。しょんぼりした二人を腕に、自らの部屋へと帰りつく。

しかし、ここに閉じ込めたところで怪物を退《しりぞ》けられるとは思えない。この場にあるのは自分という肉の盾が一つだけ。後宮内にも庭園にも十分な兵は配しているが、あまりにも心もとない。

鍠牙は部屋の中に子供たちを下ろすと、廊下に向かって話しかけた。

「葉歌！　葉歌はいるか!?」

あの女官は常に玲琳を見張っているから、共に外出している可能性が高い。今はここにいないかもしれない。そう思いつつダメもとで呼んでみると——

「お呼びですか？」

突然背後から声がして、鍠牙は驚き振り返った。

「いたのか、葉歌。妃の傍にいるんじゃなかったんだな」

「だって、お妃様からお子様たちを守るように命令されていますもの」

なるほどそうかと鍠牙は安堵した。子供たちを放って出かけたのだと思っていたが、彼女なりにきちんと子供たちの安全を考慮していたらしい。

この女官は斎の女帝の間諜であり、玲琳の守護者であり、蟲毒の里の暗殺者だ。毒が効かず、蟲からも避けられる。彼女がいれば犬神とやらも襲っては来られまい。

「ここで子供たちを守っていてくれ」

「ですから、言われなくてもお守りしてますってば」

「頼んだぞ」

感謝と信頼を込めてがしっと手を握ると、たちまち葉歌は顔を赤くした。

「わ、分かってますってば」

「必要ならば何人斬っても構わん。あの子たちだけ生きていれば、後は全滅しても問題ない。俺も含めてな」

決して子供たちには聞こえぬよう優しく笑いながら告げると、葉歌はぎょっとして手を振り払った。

「わ……分かってますってば」

そう言って、葉歌は姿勢を正す。

そこで火琳がとことこと近づいてくると、鍠牙の裾を引いた。

「ねえねえ、お父様。お母様のご本を読んでもいーい？」

甘えるように請われ、鍠牙はたちまち相好《そうごう》を崩した。

「ああ、いいよ。全部ここへ持ってこさせよう」

そうして今一度葉歌に向き直る。

「俺は妃を捜す手配をしてくる。この部屋から出ないようにな」

鍠牙はしかと言い含めると、一旦部屋を出て行った。

日が暮れようとしていた。

火琳と炎玲はずっと鍠牙の部屋で玲琳の書物を読みふけっている。玲琳は未だ帰ってこない。

鍠牙は部屋を出たり入ったりして忙しくしていたが、葉歌がずっと部屋にいたので子供たちだけになることはなかった。

部屋の外には大量の兵士、猫の子一匹入れない厳重な警備。

「こまったねえ、どうしよう……」

床に座り込んだまま炎玲が呟いた。

「このままじゃ黒のところにいけないよ。黒がひとりでさびしがってるよ」

黒が犬神という蠱であること、そして二人の命を狙っているということ。それらのことを、二人は大人たちの様子からもう知っていた。

「そんなことよりもっと重大な問題があるわ」

弟の向かいに座っていた火琳は、ぱたんと書物を閉じて真剣な顔を作った。

「黒にご飯を食べさせてあげなくちゃ。飼い主の義務でしょ」

きりりと眉をつり上げて、凛々《りり》しく言い放つ。

「うん……そうだよね。黒はきっとおなかをすかせてるよね」

「そうよ。だから私、ずっと調べてたんだけど……犬神は人を喰うんですって」

おどろおどろしく告げ、書物の表紙を叩いた。

「ひと!?」

炎玲は目を剝いて飛び上がりそうになった。

「しっ！　大きな声出すんじゃないわよ」

「……人なんか食べさせられないよ」

炎玲は困り果てて眉を下げた。

「でも、そうしないと黒が死んじゃうんだわ。だから私考えたの。犬神に食べさせてもいい人間を探せばいいのよ。きっとどこかにいるわ。ほら、前に風刃が裏街の話をしてたでしょ？　あそこにはね、悪い人たちがいっぱいいるんですってよ。それを食べさせればいいのよ。そうすれば治安が良くなってみんな助かるし、黒もお腹を空かせなくてすむでしょ？　一石二鳥よ」

素晴らしいことを考え付いたと言わんばかりに、火琳はにんまりと笑う。

「……いいのかな」

対する炎玲は不安そうだ。

「いいわよ、黒のためだもの」

火琳は大きな瞳を輝かせて断言した。

「……わかった。でも……」

炎玲はちらと部屋の向こうを見る。そこで、椅子に座った葉歌が書物を読みふけり、何故かぼろぼろと涙を流している。彼女が読んでいるのは斎から取り寄せたという近頃流行りの恋物語とかで、どっぷりと浸り、感極まったらしかった。

護衛そっちのけで恋物語に涙する女官をしばし眺め、火琳は立ち上がった。その気配で顔を上げた葉歌を見上げ、しくしくと泣きはじめる。

「葉歌……お母様は……なんで帰ってこないの……？」

小さな雨滴《あまつぶ》が瞳からいくつも零れ、葉歌は慌てふためいて立ち上がった。

「か、火琳様！　ああ……泣かないでください。お妃様はすぐに帰っていらっしゃいますから……」

「これ以上待てないもん！　お母様あああああ！」

火琳はわんわんと声を上げて泣いた。

「あああああ、ちょっと待って！　泣かないで！　今、王様を呼んできますから！」

動転した葉歌は急いで部屋から飛び出していった。

それを確かめた一瞬後、火琳の涙はぴたりと止まっていた。

「行くわよ、炎玲」

「うん、行こう」

そうして二人は窓を開け放つと、そこから庭園に向かってぴょんと飛び降りた。

夕暮れ時の庭園は薄暗く、様々な影が落ちて辺りを見づらくしていた。その中でちょこまかと走り回る幼児に気づいた者はいなかった。

二人は犬神を隠した離れの裏へと回り込む。

「黒！　いい子にしてた？」

炎玲が息を切らして駆け寄ると、そこに悠然と座っていた犬神は炎玲の髪に鼻面をくっつけてきた。

「あまえんぼだなあ……ケガがなおってよかったね。ねえ、おなかがすいただろう？これからごはんを食べさせてあげるね」

炎玲は笑いながら犬神の毛並みを撫でてやる。

「ほら、のんびりしてると見つかっちゃうわ。早く行きましょ」

火琳が腰に手を当てて急かした。

「そうだね。黒、僕と火琳をせなかにのせてくれる？」

炎玲のお願いを聞き、犬神は四ツ目で双子を見下ろすと、静かに地面へと伏せた。

「わあ！　ありがとう、黒！」

炎玲はいそいそと犬神の背中によじ登り、緊張の面持ちで固くなっている姉に手を伸ばした。

「火琳、おいでよ、だいじょうぶだから。黒は君にいじわるしたりしないよ」

「ふん、何よ生意気ね。そんなこと分かってるんだから」

つんと胸を反らして火琳は黒によじ登った。黒はぐっと地面に張り付き、幼子が登りやすいよう身を低くした。火琳は炎玲の後ろに跨《また》がり、弟の背中にしがみついた。

二人を乗せると犬神は立ち上がった。突然高くなった視界に、二人は息を吞む。

「ええとね……都のはずれに裏街っていうところがあるんだ。そこにいきたいんだけど、はずれってどっちかなあ……」

炎玲がきょろきょろ空を見回していると、犬神は一度身を屈《かが》め、思い切り跳躍した。

夕暮れの空に突如現れた黒い獣の影。庭園を警備していた兵士たちはたちまちその姿に気づき、騒然とする。

「怪物だ……怪物が出たぞ！」「え!?　あの背中にいるのは……王子殿下と王女殿下!?」「何だと！　お二人が怪物に攫《さら》われそうになってるぞ！」

兵士たちは悲鳴と怒号を上げた。

しかし犬神はそんなものに目もくれず、庭園の木や塀の上を跳躍してあっという間に彼らの視界から消え去った。

王宮を飛び出した犬神は、屋根から屋根へと飛び移る。凄《すさ》まじい勢いだったが、不思議と双子に衝撃はなかった。ふんわりした揺り椅子に座っているような感覚だった。

「すごいなあ……」

炎玲はキラキラと目を輝かせた。

「別にこんなの全然怖くなんかないんだから」

火琳は冷や汗をかきながら強がっている。

犬神は夕焼けを背に空を翔《かけ》り、どんどん北へと向かっていった。

迷いのないその足取りに、火琳はふと疑問を感じた。

「黒はかしこいのね、名前を言っただけで目的地が分かるみたいだわ」

「そうだねえ、黒はかしこいね」

「……ねえ黒、もしかして黒は裏街を知ってるの？」

火琳は犬神の背をふぁさふぁさ叩いた。

犬神は跳躍しながらちらちらと背中を見たが、勿論《もちろん》人の言葉をしゃべるわけもない。

「まあいいわ、そこでたくさんご飯を食べさせてあげるわね」

ふふふと火琳は笑う。幼子の純真な残酷さは、己の言葉が意味することをはたして理解しているのかいないのか……

犬神はそんな二人を乗せて、夕暮れの街を駆け続けた。

第四章　魔女の本当の正体

裏街で得た情報を片手に、玲琳は風刃と馬に乗って王宮へと戻ってきた。

今度こそ紅玉に問い質さねばならない、犬神との関係を――。少なくとも彼女は犬神を造蠱した一家の生き残りで、関わりがあることは確かなのだから。

そう考えながら城門をくぐろうとしたが、様子がおかしい。門を固めているはずの衛士《えいし》がいない。

玲琳は馬を降り、王宮の中へと駆けて行った。後宮まで戻ると、その場は騒然としていた。女官たちは泣きわめき、兵士たちは怒号を飛ばしながら駆けずり回っている。

「お前たち、何があったの？」

玲琳が廊下を歩きながら辺りに響き渡る大声で問うと、その場の全員が振り向いた。

「お妃様！　ああ……どこへ行っていらしたのですか！」

女官たちが泣きながら玲琳にすがりついた。

「火琳様と炎玲様が……ああ！　どうしましょう！」

「何だ！　お二人がどうした！」

後ろに付き従っていた風刃が、たちまち血相を変えて女官に詰め寄った。

「怪物が現れたのですわ！　突然空に……そうしたら火琳様と炎玲様が……うわあああああ！」

女官は泣くばかりでまともに話ができそうもない。

「葉歌！　葉歌はいないの!?」

玲琳は辺りを見回しながら叫んだ。すると、

「お妃様……申し訳ありません」

泥を食《は》むような苦い声が間近で聞こえ、はっと横を向いて仰天した。その場に葉歌が跪き、床に頭をこすりつけていた。

「葉歌、何があったの？」

「私が目を離した隙に、火琳様と炎玲様が犬神に攫われました」

傍らの風刃がそれを聞いて絶句した。その場で棒立ちになり、血の気の失せた顔でわなわなと震えだす。玲琳も驚きに目を見張った。

「攫われたというのは、具体的にどういうこと？」

「申し訳ありません。私はその現場を見ていないんですが……お二人は犬神の背に乗せられて連れ去られたと聞いています」

「背に乗せられて？　他に誰か乗っている人間はいた？」

「いいえ、お二人だけだったそうです」

それを聞いて玲琳は考え込んだ。

嫌な予感がする。犬神を手なずけていた子供たちが、攫われるということはありえない。あの子たちは犬神を連れて勝手に王宮を抜け出したに違いない。

いったい何をするつもりなのかと想像してみれば、いくつか考えられることはあった。散歩気取りということもあり得るが、この物々しさの中でそれをするほど愚かでもあるまい。おそらくは……

「飼い主の責務を果たそうとでもしているのだわ」

玲琳は苦い声で呟いた。

犬神を隠れて飼っていた子供たちは、食べ物を与えなくてはならないと考えただろう。玲琳の持つ書物には、その方法が記されている。子供たちはそれを実践しようと考えたに違いない。自分であればきっとそうする。

少し甘く考え過ぎていた。いかに聡明でも彼らはまだ幼子で、幼さゆえの残虐性で取り返しがつかないことをし得るのだ。もっときつく見張っておくべきだった。

「何をわけの分からないこと言ってるんですか。やっぱり、あんな犬神はさっさと始末しておけばよかったんです！」

葉歌は後悔に打ちひしがれて唇を嚙みしめた。

「そうね、急いであの子たちを連れ戻しましょう。取り返しがつかなくなる前に」

「でも……もう喰われてしまってたら……」

そこまで言って、葉歌は自分の言葉に慄《おのの》き口を噤んだ。

「ええ、喰われてしまったら大変だわ。今すぐ連れ戻しましょう」

誰が喰われるとは言わず、玲琳は決然と言い放った。そこでふと気が付く。

「鍠牙は？　鍠牙はどうしているの？」

子供たちが攫われたと知って、あの男が平気なはずはない。

「そういえば、さっきからお姿が見えませんけど……」

葉歌はきょろきょろと形ばかりに捜す素振りをしてみせる。

玲琳ははっとし、血の気が失せた。この事態であの男がとりうる行動など、一つしか考えられなかった。

玲琳は勢いよく走りだした。騒ぐ人々の間を駆け抜けてゆくと、皆がその姿にぎょっとして振り向いた。後をついてくる者もいた。

玲琳は構わず後宮を走り抜け、とある一室に駆け込んだ。何もない部屋の真ん中に穴が開いて、地下への階段になっている。

立ち止まることなくその階段を一気に降りると、そこには地下牢が並んでいる。そしてその地下牢の一つから、甲高い悲鳴が聞こえてきた。

「やめろ！　放せ！　私に触るな！」

鍠牙が、紅玉の腕を摑んで剣を突きつけてきた。

「鍠牙！」

玲琳は鋭く夫を呼んだ。鍠牙はのろい仕草で顔を上げ、玲琳を見ると優しく笑った。

「お帰り、姫。心配で心配で、心の臓がすりつぶされる思いがしたぞ」

その嫌味に玲琳はぞっとする。笑ってしまいそうになるが、そんな場合ではない。

「鍠牙、何をするつもり？」

玲琳はなるだけ平静を装って問いかけた。刺激したら今すぐにでも彼はこの女の首を切り落としてしまうかもしれないと思った。

「俺は待ったが、あなたは約束通り犬神を捕らえることができなかった。だから、この女を拷問することにしようと思ってな」

今日は好きなものを食べようと思ってな——とでもいうように軽く言ってのける。

「あの子たちが犬神に攫われた。きっと今頃恐ろしくて泣いているに違いない。無力な俺にはこの女以外あの犬神に繫がりうるものがないんだ。だから拷問して犬神の居所を吐かせる。何か問題があるだろうか？」

一見筋が通っているようでもあったが、この男の内側が言葉通り冷静であるなどと考えるほど玲琳も愚かではない。故に、玲琳は諦めた。

「鍠牙、彼女を離しなさい。子供たちは犬神に攫われてなどいない」

「……どういうことだ？」

ようやく彼は穏やかな表情を打ち消し、剣呑な目つきをした。こちらの話を聞くつもりがあるとみて、玲琳はすぐさま言葉を重ねた。

「話はもう少し厄介だわ。あの子たちは——犬神を懐かせてしまったのよ」

鍠牙に腕を摑まれて喚いていた紅玉が、ぽかんとしてその場にへたり込んだ。

「なんで……？　どういうこと……？」

紅玉は放心し、誰にともなく問いかける。玲琳は彼女を脇に置いて鍠牙を諭した。

「ここでくだらない言い争いをしている場合ではないの。今すぐあの子たちを迎えに行かなくては。ことは一刻を争うのよ」

玲琳の語調は自然ときつくなった。己の甘い目論見に怒りを覚えていた。

鍠牙は玲琳の怒りを感じ取り、ますます危うい目つきになる。

「あの子たちが犬神を懐かせたことの何が厄介だと？」

鍠牙の口調から、彼が玲琳の言《げん》をろくに信じていないことが分かった。

玲琳は思わず小さく舌打ちし、そういう行動をとった自分にまた苛立った。

「あの子たちは犬神を飼っているつもりでいるわ。飼い主として、アレに餌を食べさせようとしているの。火琳と炎玲は……犬神に人を喰わせるつもりよ」

ぎりぎりと歯噛みする玲琳の言葉を聞き、鍠牙は大きく目を見開いた。

同時にへたり込んでいた紅玉が、驚愕に彩られた顔で玲琳を見上げた。唇を震わせて衝撃のあまり言葉を発することができずにいる。

「今すぐあの子たちを迎えに行くわ、取り返しがつかなくなる前に」

玲琳は鍠牙の腕をきつく摑んだ。その途端、

「ああ……あーあ、ああ……なるほどなあ」

鍠牙は変な声を上げ、身体を屈めて玲琳の肩に顔を埋《うず》めてきた。全身の肉から力を抜き、そしてくっくと笑いだす。

「笑っている場合ではないのよ！」

玲琳は鍠牙の肩をどついた。鍠牙はゆっくり顔を上げ、穏やかな顔で微笑んだ。

「あなたはずっとそのことを知っていて、俺にそれを隠していたんだな？　俺がどれほど心配して胸を痛めても、あなたは平気だったということだ」

彼がいつものような調子で挑発してきたので、玲琳は慎重に綱渡りをするような心持ちでその挑発に乗った。

「愚かね。お前の心の内など、私が考慮すると思うの？」

小馬鹿にするような物言いは、いつも鍠牙の精神を安定させる。

「なるほど、もっともだ。あなたは俺に、愛情のかけらすら抱いてはいないものな」

彼は納得するように一つ頷いた。

「今、信じた。あの子たちは危ない目に遭っていないんだな？」

「……ええ、それは確かよ。あの犬神が二人を害することはないわ」

「そうか、よかった。やはりあなたの子だな」

「よくはないわ。あの子たちが間違いを犯す前に連れ戻さなければ」

玲琳は咎めるように言うが、鍠牙は肩の力を抜いたまま平然と答えた。

「それは別にどうでもいいだろう。犬神がどれだけ人を喰おうが、あの子たちが無事ならそれでいいよ」

あっさりとしたその答えに、玲琳は眩暈《めまい》がした。この男を二、三発ひっぱたいてやりたいような気がして、蠱師である自分にこのようなことを考えさせる彼の愚かしさをある意味尊敬した。

「鍠牙、あの子たちは……」

「何で!!」

玲琳の声を遮って、紅玉が叫んだ。血走った目で鍠牙に摑みかかる。

「何でそうなるんだよ!!　お前らはいつもそうだ！　そうやって平気で人を踏みにじろうとする！　私らみたいな無力な人間がどれだけ血を流しても、お前らは平気で笑ってるんだ!!」

　今までの彼女と別人のようだった。彼女は激情を垂れ流し、すさまじい勢いで鍠牙を責め立てたが、いかんせん相手が悪かった。紅玉の言葉は彼の心に爪の先ほどの傷も負わせることはなかった。

　鍠牙は淡々と紅玉を床へ突き飛ばした。彼女の眼前に再び刃を突きつける。

「姫、結局この女は犬神と関係があるのか、ないのか、どちらだ？」

　行為に反してその問いかけに脅すような響きはなかった。しかしだからといって、ここで嘘を吐いてやり過ごせると思うほど玲琳も甘い考えを持ってはいなかった。

「あるわ」

　断言する。それは事実だ。彼女は犬神と関わりがある。

「だけど――」

「陛下、その女は金剛一家の生き残りです！」

　突然割って入った声に振り返ると、玲琳の異常な疾走に驚いてついてきた女官や兵士の先頭に、風刃が立っていた。女官や兵士たちは斎へ帰ったはずの紅玉が地下牢に幽閉されていると知り、驚きを隠せない様子である。

「金剛一家……？　裏街のヤクザ者か？」

　鍠牙はその名を知っていたようで、難しい顔になった。

　風刃は強く顎を引いた。

　彼は、玲琳と共に裏街の蠱師から聞いた話を鍠牙にも聞かせた。後ろにいた人々も、その話を聞いてじわじわ顔色を変え、憎悪と非難に染まった瞳で紅玉を睨んだ。

「陛下、この女は復讐者です。犬神を操って炎玲様と火琳様を殺そうとした。犬神がいない今のうちに殺してしまうべきだ！」

　風刃は怒鳴るように言った。まるで、彼女が復讐者でなければ困るというかのような必死さだった。

　紅玉はそんな彼を見て、痛ましいものを見るような眼差しになった。「君は……」と言いかけ、しかし口を閉ざす。

　やましいことがあるようなその態度に、その場の全ての人間が殺気立ち、その感情が紅玉一人に向けられた。そんな中、玲琳は一人穏やかに口を開いた。

「風刃、復讐者であれば悪人を狙って喰い殺したりはしないわ」

　玲琳が静かに言うと、風刃はその勢いをぴたりと削がれた。

　彼はどうも、犬神が悪人を喰っているという事実を認めたくない節がある。それでもそれが事実であれば、目を逸《そ》らしているわけにはいくまい。

「悪人の定義というのは曖昧なものよ。人によっては私を、悪人と断罪することでしょう。事実私は毒で人の命を奪うこともするし、悪人ではないと言う方が難しい。

ただ、一つだけ言えることがあるわ。悪人というのは、人が定めた価値観であるということよ。つまり、蠱が勝手に悪人と善人を判じることはないということ。悪人が殺されたということは、術者自身がこれは悪人だと決めたということよ。復讐者であれば、そんなことは考えないわ」

様々な矛盾が生じている。

紅玉が復讐者であれば、悪人を選んで喰い殺すなどということはしない。

また、悪を裁く術者であるなら、子らを狙う意味はない。

蠱師の血を引く子らを疎んじているなら、犬神を使うことはありえない。

紅玉は果たして復讐者なのか、悪を裁く術者なのか、それともあるいは……

一家を失った地に舞い戻り、彼女はいったい何をしようとしているのか……

「そんなことは当人に聞けばいいだけのことだろう」

張り詰めた空気の中、鍠牙はやはり淡々と言った。

剣の切っ先は紅玉に向いたままだ。

「これからお前の腕を落とす。次に足を落とす。次に下半身を落とす。体がなくなる前にお前の目的を言うといい」

あまりに冷静なその宣告に、紅玉も周りの人々も言葉を失った。

重苦しい沈黙が続き——しかしそれは突如破られた。

遠くからけたたましい獣の鳴き声が聞こえたのである。

乱雑な足音がして、王女の護衛役である雷真が地下へと駆け下りてきた。彼は何故か苦しそうに腹を押さえながら叫んだ。

「陛下！　大変です！　例の怪物が現れました！」

その言葉に女官たちは悲鳴を上げ、兵士たちは慄きながらも持ち場へ就こうとする。

鍠牙だけは唯一落ち着き払っていた。

「子供たちは？」

「いえ……お姿は見えません」

その言葉に鍠牙は反応しなかった。そんな彼を見て、紅玉が毒を吐くように言った。

「だから……言ったじゃないか、私に触るなって……」


「困ったわねえ、黒はどうしちゃったのかしら」

うらぶれた街の一角で、火琳は途方に暮れていた。

「きっとたいへんなことがあったんだよ。黒はすごくひっしだったもの」

火琳と手を繋ぎ、炎玲はそう答えた。

ほんの少し前のことである。裏街の一角に降り立った犬神は、突如弾《はじ》かれたように跳躍し、真っ直ぐ王宮の方角へと駆けて行ったのだ。

二人のことなど完全に忘れてしまったかのようだった。その素っ気なさが悲しくて、二人は手をつないだまましょんぼりと俯いていた。

「こうなったら仕方がないわ。私たちだけで悪人をさがしましょうよ。黒はきっと王宮に戻ってると思うの。悪人を見つけてから、またここに連れてきてあげればいいわよ。大丈夫」

火琳は自分に言い聞かせるように顔を上げた。

「うん……そうだね」

炎玲もぎゅっと姉の手を握り返し、二人は同時に歩き出した。

火琳も炎玲も王宮から出たことはほとんどなかった。初めて見る外の世界に、心は段々弾んでゆく。

うらぶれた街の通りをてくてく歩いていると、二人は否《いや》が応《おう》でも目立った。見るからに上質な衣を纏った二人の幼子。どう見てもここいらの子供ではない。

二人がしばらく街を歩き、悪人はいないかと目を凝らしていると——

「お嬢ちゃんたち、いったいどこから来たんだい？」

にやにやと笑いながら、三人の男たちが声をかけてきた。

誰も彼も顔に傷があり、目つきが悪い。しかし二人の子供たちは別段男たちを恐れるでもなく真っ直ぐに見返した。

「お母さんとお父さんはどこにいるのかな？」

重ねて聞かれ、火琳はしばしの思案を経て問いかけた。

「お前たちは悪人なの？」

直球で聞かれ、男はしゃっくりが出そうな顔をし、しかしすぐににたりと笑った。

「いいや、貧しくて困ってる人たちを助ける良いヤッさ。おいお前ら、やっちまおうぜ。こいつは上玉だ、きっととびきり高く売れる」

言うなり男たちは火琳と炎玲を担ぎ上げた。

火琳はびっくりして目を真ん丸くしたものの、すぐ嬉しそうな顔になる。

「すごいわ、こんなに早く悪人が見つかるなんて」

「うん、でも……これってあぶないんじゃないかなあ」

炎玲が困ったように眉を下げて呟いた。

「これ、ひとさらいっていうんじゃない？」

「人攫い？　そんなの怖くないわ。だってお父様やお母様や雷真や葉歌がすぐ助けてくれるもの」

「どうやって？　僕らがここにいることなんか、だれもしらないのに」

「どうやってでも助けに来てくれるわよ。だって……今まで助けに来てくれなかったことなんかないじゃない」

「……火琳はさ、ときどきすごくかんがえがたりないよね。僕ら、このままだととってもまずいとおもうよ」

担がれて運ばれながら双子は目を見交わし合う。

深刻な炎玲の表情につられ、火琳も真顔になった。

運ばれてゆく二人の幼子を、裏街の人々は時折見やる。それでも、声をかけてきたり、ましてや助けようとしてくる者は皆無だった。こんな光景など、ここでは日常茶飯事なのだ。


玲琳と鍠牙が後宮の庭園に駆け出た時、そこには凄まじい光景が広がっていた。

夕焼けに藍《あい》が混じり始めた景色の中、以前見た時よりも遥かに大きく膨れ上がった犬神が、雄叫《おたけ》びを上げていた。

足元には傷を負って倒れた兵士たち。

女官たちの悲鳴が響き渡り、戦場のごとき様相と化していた。

「子供たちはどこだ……」

鍠牙は犬神を凝視して呟いた。玲琳もつぶさに観察したが、子供たちの姿はどこにも見えない。

「これは良くないわね……あの子たちは犬神とはぐれたのかもしれないわ」

呟く玲琳に、鍠牙がすぐさま応じる。

「姫、子供たちを捜す手段はあるか？」

「あの子たちは私の蟲を持っているわ。五歳の祝いにあげた蝶を。あれの親がここにいるから、これに捜させれば見つけられるわよ」

「そうか……雷真、風刃。妃の蟲を使ってあの子たちを捜しに行ってくれ」

鍠牙は後ろにいた護衛役たちにそう命じた。雷真はすぐさま応えたが、風刃はきつく唇を引き結び応えようとしなかった。酷く悩み、苦しんでいるかのように葛藤の表情を浮かべている。

親の仇が目の前にいるというのにこの場を離れたくないのだろう。

「風刃、子供たちはおそらく、裏街に向かったはずだ。あの子たちは悪人を探してここを出た。ならば、そこへ向かっただろう。俺ならそうする。あの子たちは今、誰の庇護《ひご》もなく裏街をさまよい歩いている可能性がある」

鍠牙が冷静にそう告げた。無論、その態度と胸中は釣り合いがとれていまいが——

そう聞かされた風刃はたちまち青ざめた。一瞬悔しげに唸り、未練を振り払うように玲琳の方を振り返った。

「行きます！　蟲に案内させてください！」

「あの子たちをお願いね」

玲琳はそう頼むと、袖から闇色の蝶を飛ばした。

「どうか子らを捜してちょうだい」

その言葉に従い、蝶はひらひらと飛び始める。

風刃と雷真は蝶を連れ、馬を調達するべく庭園から走って行った。

玲琳はひとまず息をつき、ちらりと鍠牙に目を向ける。

「お前は自分で行くと言うかと思ったわ」

「ああ、勿論俺も行く。だが、あの獣はどうも俺を睨んではいないか？　俺を標的にしているなら、あの子たちの方へ連れていくわけにはいかないだろう？」

言われてみれば、犬神は確かに鍠牙を睨んでいた。四ツ目を鍠牙に据えて牙を剝いている。

そういえば、鍠牙も犬神に襲われると予言されていたはずだ。予言されてすぐ襲われなかったのは、犬神が怪我をしていたからだろうが……怪我が治って、標的だった鍠牙を喰うため現れたのだろうか？

犬神はタンと軽やかに跳躍し、鍠牙に襲い掛かった。大きく鋭い牙が鍠牙に食い込むその直前——

「やめて!!」

兵士に拘束されて地下から引きずり出された紅玉が叫んだ。

犬神はぴたりと動きを止めてぎょろりと紅玉を睨んだ。悍ましい四つの目に怯んだ兵士の腕が緩む。その隙に紅玉は兵士の腕を振りほどき、犬神に向かって駆けだした。

「喰っちゃダメ！　まだ喰わないで！　ちょっとだけ待って！」

大きく手を広げて犬神の前に立ちはだかる。犬神は酷く興奮した様子で荒い呼吸をしており、今にも飛び掛かってきそうだ。

「あんた……何やってたのよ。どこにいるのか分からないし、困ったじゃないの」

紅玉は泣きそうになりながら言った。犬神はまだ興奮していて、爪で地面を掻いた。

「大丈夫だよ、落ち着いて。やっとここまで来たんだから……全部私の思い通りにいくはずなんだ。私は目的を果たすんだ」

まるで自分に言い聞かせるような言葉だった。

飛び掛かる寸前の犬神に背を向け、紅玉はぐるりと玲琳の方を向いた。

「私は自分の目的のため、犬神をこの国へ連れ込みました。被害者は全て私が選びました。私が殺させました」

ゆっくりと……ことさらゆっくりと紅玉は言った。

「そう……目的というのは……復讐？」

おそらく誰もがそう思っていたに違いない。彼女の境遇を考えてみれば、それ以外を想像するのは難しかろう。しかし紅玉は否定も肯定もしなかった。

「李玲琳様……これは人を喰う怪物です。これからあなたの夫を喰い殺します」

脅しのようなことを言いながら、まるで自分こそが誰より追い詰められているかのようだ。苦渋に表情を歪め、きつく拳を握っている。

「だから――この怪物を殺してください」

振り絞るようにそう言って、紅玉は地に伏した。頭を地面にこすりつけ哀願する。

「お願いです……希代の蠱師様……どうか私たちを助けて……！」

玲琳はひれ伏す女とその背後で目を光らせている犬神を見比べた。夕日に染められても犬神の黒い毛皮は黒々と見えた。

「この犬神はお前の何？　お前は何者？　復讐者？　悪人を裁く術者？　それとも他の何かなの？　お前の正体を教えて？」

玲琳は静かに問うた。紅玉は体を震わせ、額《ぬか》づいたまま答える。

「私は……この怪物の妻です。この怪物は私の夫。裏街のヤクザ者、金剛一家の当主の息子でした」

おそらくその答えを予想していた者などこの場にはいなかった。誰もが驚いていた。

そして、その中でも玲琳が最も驚いていた。

「うそ……でしょう？　人間が、犬神になったというの？」

「嘘じゃありません、彼は人間でした。十四年前、父親の手で犬神にされたんです」

その瞬間、激しい憎しみが彼女の瞳から火花のように散った。

◇◇◇

七歳の頃に裏街へ売られ、檻《おり》に囚われて育った。

外へ出してもらえることはなかった。

飢えることも凍えることもなかったが、ただ自由だけがなかった。

私を買ったのは金剛一家というヤクザ者の一党で、私はたちまち当主のお気に入りになったから大切にはされていた。

当主は私を他の人間に会わせようとしなかった。唯一傍に近づくことを許されたのは、当主の息子である黒衛《こくえい》という男だった。黒衛は私より二つ年上で、子供の頃から私の見張りを任されていた。

「お前はここから出たいと思わないのか？」

私が十五歳になったある日、黒衛はそう聞いてきた。彼は素っ気ない男で、いつも何を考えているのかよく分からなかった。

「あんたがぽっくり死んでくれればその隙に逃げるけどね」

私はそんな感じで答えた。

まあ、自分が可愛くないことは知っていた。

自分と唯一接してくれる幼馴染《おさななじみ》のような男にも、素直に甘えられない程度には生意気で、ひねていて、すれていた。

そしてその数日後、黒衛は突然私を連れて一家を離れた。

二人で遠い村に逃げ、そこで暮らすことになった。

「あんたは何で私を連れて逃げたのさ、一家にいれば苦労しないですんだのに」

私は不貞腐《ふてくさ》れて聞いた。やっぱりそこでも私は可愛くなかった。そんな可愛くない女のために、彼は貧乏くじを引いたのだ。なんて馬鹿な男だろう。

私の問いかけに、彼はあっさりと答えた。

「ああ、お前を嫁にしたいって言ったら、親父に殺されそうになったから」

私は彼が何を言ったのか、一瞬分からなかった。世の中のことなんて何でも知っていて、ひねたりすれたりしたつもりでいたけど、実はなんにも知らなかったのかもしれない。ずっと一緒にいた男の心の中すら知らなかったのだから。

私と黒衛は夫婦になった。世の男女の営みは知識の中だけの現象で、自分の身に起きるとは夢にも思っていなかったのに……

相変わらず私は可愛くなかったし、黒衛は素っ気ない男だったけれど、私たちはお互い以外に何も持たず、帰る場所もお互い以外になかったから、たぶんお互いを自分よりも大切にして暮らした。

まあ、本当のところ黒衛がどう思っていたかは知らない。でも、きっとそうだったんだろうと思う。

少なくとも私は、黒衛から大事にされていると感じていた。

そのまま時が過ぎればどれだけよかっただろう……けれど四年後、私たちは金剛一家の追っ手に見つかってしまった。

黒衛の父親である当主は激怒していた。

あの男は私を決して手放すまいとしていたから、奪った息子を許さなかった。

一家の屋敷に連れていかれ、彼は私の目の前で土に埋められた。

顔だけが外に出されて酷く苦しそうにしていて、私は何度もやめてと叫んだけれど、幾度も許しを乞うたけれど……誰も助けてはくれなかった。

黒衛はよく分からない臭くて赤黒い液体を飲まされた。

お前を呪ってやると当主は言った。

殺さないでと叫ぶ私を、当主は黒衛の前に引きずり倒した。一家の若い連中が、私を押さえ込んで酷いことをしようとした。目の前でそれを見せられた黒衛は何度も叫んで暴れて私を助けようとして——そして首を斬られた。

「なんだ、何も起こらねえじゃねえか。犬神を作る術なんてインチキだったぜ」

当主はつまらなそうにそう言って、息子の首を蹴った。

弱い人間はこうやって、強い人間に踏みにじられ続けるのだ。

私はまた、檻に囚われて過ごした。

けれど……その生活は一年も続かなかった。

金剛一家はあっけなく滅びた。

反乱を起こしたとかで、王の率いる兵士に殲滅された。

強い人間はこうやって、もっと強い人間に踏みにじられる……私はそれを知ったから、こうなるように仕向けたのだ。

残虐に全てを蹂躙《じゅうりん》した当時の王に、私はただ感謝した。

王の兵は檻に囚われていた私を見つけて保護しようとしたが、彼らが私に触れた途端——それは現れた。

黒い毛並みの異形の獣。それが私に触れた兵士を喰った。

私は恐ろしくなって逃げた。

逃げて……逃げて……誰もいない山の中まで逃げた。

そこに、獣は追ってきた。

「……黒衛？」

何故か私はそう聞いていた。だって彼は私のもとへ帰ってくるはずなんだから、それ以外に帰るところなんてないんだから、だから私のもとへ帰ってきたこの獣は彼に決まっていた。

黒衛は、私に触れた人間を喰らう怪物になっていた。

犬神——金剛一家の当主がそう言っていたことを思い出す。

私の夫は犬神になってしまった。それでも、私の夫であることには変わりないのだ。彼が帰ってきてくれて、私はとても嬉しかった。

けれどもこれ以上人を喰わせたくはなくて、私は決して人に触れないよう注意した。金剛一家の隠し財産をいくらか持ち逃げしたから暮らすのには困らなかった。けれど……黒衛は時々飢えに苦しんで、人を喰った。

許されないことをしている。だけど、私には黒衛を止めるすべがなかった。

彼は私の言葉を理解したが、言う通りに動いてはくれなかった。人を食べないでと頼んでも、やめてくれたことはなく、せいぜい数日待てをしてくれるくらいだ。

私にできるのは、彼が食べる人間を選ぶことと、その日時を数日動かすことだけだった。私がこの肌で直接触れた相手を、黒衛は必ず喰った。

嫉妬なのか、私を守ろうとしているのか、何なのか分からない。ただ、黒衛は私が他人に触れることを許さなかった。

人の死に目をつぶっていれば、私は彼とまた寄り添って暮らせたけれど、そのまま目を閉じていられるほど強くはなれなかった。

半年間さすらい、困り果て、私は黒衛を犬神にする術を売った蠱師に会いに行こうとした。しかし蠱師は身を隠していて見つからず、私は途方に暮れてしまった。

そしてその夜、私はあの少年に出会ったのだ。

いかにも貧しそうな小屋の前を通りかかった時、不用意に窓が開いていて、中が見えた。父親らしき男が、少年に酷いことをしていた。人にはとても言えないような酷いことだ。自分が囚われて過ごした一家のことを思い出した。

その瞬間、私は思ってしまったのだ。

真っ当に生きている人を犬神の餌食にしたくないのなら――悪党を喰わせればいいじゃないか。

私はその家の戸を叩き、出てきた父親に抱きついて、その素肌に触れた。

困惑する父親は次の瞬間、頭から犬神に喰われていた。

下半身だけになって血を噴いている父親を、少年は呆然と見ていた。

暗い影になっていて、私の姿は見えなかっただろう。見えていたとしても目には入らなかったかもしれない。少年は怪物に目を奪われていた。

その夜、私はその不幸な少年を利用した。

己の罪悪感を和らげるためだけに、少年の父を殺したのだ。

その日から私は、悪党を探す旅を始めた。

悪党を見つけて触れるたびに死んでしまいたいような気がしたけれど、そんなことになったら残された黒衛はどうなる？　この怪物は私がいなくなっても人を喰い続けることだろう。そして私がいなければ間違いなく、罪のない人を喰らうのだ。

この恐ろしい怪物を殺せる者などどこにもいない。

犬神の術を授けた蠱師は見つからない。

犬神を生み出した黒衛の父親も、もう処刑されている。

彼を制御できる者は私以外にいなかった。

だから私は生きなければならなかった。

彼に罪のない人を喰わせないため、彼に悪党を喰わせ続ける。

様々な国を渡り歩き、斎へと移り住んだのは三年前のこと。

斎帝国は他の国と桁が違っていた。私は占い師に身をやつし、斎の金持ちたちを相手に仕事をしていた。占い師というのは都合がよく、誰もが警戒せず情報を落としてくれた。その中から、私は悪党を選んで黒衛に喰わせた。

そんなある日、女帝李彩蘭から後宮に招かれた。

「あなたは怪物を操って人を喰わせているのですか？」

会うなり女帝はそう言った。

いったいどうやって調べたのか、彼女はそれを知っていた。

罰せられるのだと思い、私は怯えた。

しかし李彩蘭は私を罰しはしなかった。その代わり、自分の駒となって人を暗殺してほしいと頼んできた。

都合がよかった。この女帝が人の命に優劣をつける罪悪感を買って出てくれるなら、私は罪悪感なしに黒衛の腹を満たせる。

だから私は女帝の望むまま、人に触れて、触れて、触れ続けた。

煌びやかな後宮で姫君相手に占いをしながら悪党を殺し続ける私を、女帝は金目の魔女と呼んだ。

そうして三年が経ったある日、鏡を見て、私は恐ろしいことに気が付いた。

私は……十九の時から姿が変化していなかった。

黒衛が犬神にされてしまったあの日から、私は老いていないのだ。

怪物にされてしまったのは……どちらだ……？

ぞっとして、気が付くと池に身を投げていた。

目を覚ました時、彼を置いて死ぬだなんて許されないことをしてしまった――と、後悔に苛まれたが、これ以上は耐えられないと思った。

李彩蘭はそんな私に言った。

「あなたを救うことができる唯一の人間を知っています。魁国へお行きなさい。わたくしの可愛い妹であれば、あなたの怪物をきっと殺すことができるでしょう。今までよく、がんばってくれました」

優しく微笑まれ、自分はこの世で一番恐ろしい人に目をつけられていたのだと気が付いた。犬神に人を喰わせる罪悪感を一手に引き受けてなお、彼女の心にはひび一つ入っていなかったのだから――

そうして私は魁へとやってきた。斎から伴った護衛に悪党を見つけ出させ、触れて、触れて、触れた。そうして全ての準備を整えてから、王宮へと入ったのである。

しかし私は蠱師であるという李玲琳のことを、手放しで信用することはできなかった。本当に、彼女が黒衛を救ってくれるのか……ずっと疑っていた。

これ以上利用されたくない。踏みにじられたくない。ただ、すっぱりと全てを終わらせてほしい。そう願い、王子と王女の死を予言した。子の命を狙われれば殺してくれると思ったからだ。間違っても捕えて利用しようなどと思われないよう、最大限の危険物と見なしてほしかった。

私は彼に死を与えるという目的のためだけに、様々な嘘を吐き、騙し、謀《たばか》り……そして今、ここにいる。

◇◇◇

蝶の飛行速度は決して速くなかった。

風刃と雷真は馬を駆り、ひたすら蝶を追いかけていた。向かっている方角は、鍠牙の予想した通り裏街のようである。

結局手にかけることのなかった犬神のことが、頭の中をずっとちらついていた。

あの女はもう話してしまったに違いない。

あの夜のこと——父親が喰われた時のこと——風刃が何をしてしまったのか——きっと今頃、王宮中の人間がそれを知ってしまった。

けれど仕方がない。あの瞬間、風刃は犬神を殺すことより炎玲を捜し出すことを選んだのだから。

「おい、集中しろ。遅れるな」

遅れ始めた風刃を、雷真が偉そうに咎めた。

どうしてこの男はこうも癇《かん》に障るのだろうか。正義面《づら》して、お綺麗な顔で、誰にも恥じない生き方をしてきたこの男は、風刃が何をしたか知ったらどんな風に顔を歪ませるのだろうか。どうせ知られてしまうなら、いっそのこと最悪な知らせ方をしてやりたいとやけっぱちに思った。

「なあ、てめえ犬になったことあるかよ」

唐突なその問いかけに、雷真はぽかんとした。次いでふざけるなというように眉根を寄せた。

「私は貴様ではない」

どうやらこの男は、風刃が玲琳の犬と公言してはばからないことを言っているらしかった。

「俺さあ……ガキの頃、親父に鎖で繋がれて飼われてたんだよな」

けっと嘲笑するように言うと、雷真は返す言葉が見つからなかったらしい。

この男を黙らせたことに奇妙な優越感を覚えた。相手を泥靴で踏みにじっているような背徳感は快感に似ていた。

「俺はずいぶん生意気だったんでね、裸で繋がれて何年も家から出られなかった。おふくろはずっと前に死んでたし、姉ちゃんは妓楼《ぎろう》に売られて、家には俺と親父だけで……あいつは、女を買う金がもったいねえからお前で我慢してやる……とか、言いやがった」

姉が売られたことがきっかけだった。それまで以上に反抗し始めた風刃を、あの男は鎖で繋いで支配しようとしたのだ。

あの狭い家だけが世界の全てだった。しかしあの夜、怪物によってその世界は一変した。

「あの夜は、姉ちゃんが里帰りしてた。あいつは姉ちゃんに相手をしろって言って、姉ちゃんは嫌がって、俺は姉ちゃんをあいつに触らせたくなくて……」

頭の血管がどくどくと脈打ち、酷く痛んだ。

長い間ずっと隠し続けてきたのだ。あの犬神を殺してでも、あの占い師を殺してでも、どうやってでも隠しておきたかったことを――おそらく、この世の誰より隠しておきたかった相手に――

「俺は……あいつの足を舐めたんだ」

這いつくばって許しを請うた。姉ちゃんには何もしないでと懇願した。

その時のことを、思い出すだけで吐き気がした。

あの瞬間、初めて風刃は自分の意思であの男に屈した。

「まあ、結果舐めたのは足だけじゃすまなかったけどな」

けけっとあの日の自分を笑い飛ばす。

「そこにあの怪物が現れたんだ。強くて……綺麗で……俺は自分の惨めさに頭がどうにかなっちまいそうだった」

だから復讐者であってほしかった。自分を助けた正義の何かではあってほしくなかった。あれが悪を喰らうものなら、自分は悪に平伏したそれ以下の何かになってしまう。そしてあの美しい怪物は、風刃が悪以下のものであると知っているのだ。美しいと惹かれる気持ちと、本当のことを知られたくないという焦りと、あれを殺すことで過去を消し去りたいという思いで……引き裂かれそうになっていた。

「本当はただ、助かったと思えばよかっただけなのかもしれねえのに」

言ってしまうと、体の中から泥が流れてゆくような感覚がした。なんだかもう、全部どうでもよくなってしまったような気がする。

深い吐息と共に全身の力が抜けた。

「あの日の恥を隠したくて、俺は躍起になってたんだよな」

手綱から片手を離し、そこに見えない何かがこびりついているかのように眺める。

するとずっと黙っていた雷真が口を開いた。

「貴様の言うことは私の理解を超えている。だが、一つだけ訂正していいか?」

少しも変わらない生真面目な口調に気が抜ける。恥は全て晒してしまったのだし、後はもうどうなってもいいやと思った。

「恥じるべきは幼かった貴様に大人として許し難い行為をした貴様の父親であって、貴様ではないだろう」

そんなところに食いつかれるとは思ってもいなかったので、風刃は虚を突かれた。

「まあ……そうだけどな、正論だけで感情が動いてくれりゃあ苦労はねえよ」

「そうか、それはすまないな」

あまりに堅苦しく謝られ、何やら可笑しくなってきた。そもそも、自分は何をあんなに恐れていたのだろうかと、さっきまでの自分をふと奇妙に思った。

「俺はたぶんもう……まともに人を好きになったりはできねえんだろうなあ」

思わず場違いに間の抜けたことを呟いていた。

「そうか、私も女性には縁がないから似たようなものだ」

と、雷真はあまり彼らしくないことを言った。まさかこの男、慰めようとしているのか？　そう思うと笑えてきた。

「え？　俺はてめえと違って、ふつーに女の子からモテまくってますけど？　すいませんねえ」

けけけとからかうように笑う。雷真がムッとした顔でこちらを見た。

「まあ、俺が好きになれるような女がいるとしたら……そりゃもう、この世の男を一人残らず傅《かしず》かせちまうような絶世の美女しかありえねえだろうなあ……そんな美女がどこにいるのか知らんけど」

やれやれと風刃はため息を吐く。

「……そんなことを言っていると、秋茗殿が泣くぞ」

「いや、てめーこそ、そんなこと抜かしてると秋茗が怒るぞ」

「どういう意味だ？」

「どういう意味だろうねえ」

適当にはぐらかし、ふと我に返った。

「……つか、何でてめえとこんな話をしてんだろうな、俺は。すごくキモいな」

ぶるっとわざとらしく身震いする。

「そうだな、今はそれどころではないな。陛下もずいぶん案じておられたようだ」

雷真はしかつめらしく言い、ふと顔を陰らせた。

「……なあ、貴様は陛下をどういう方だと思っている？」

「何だ唐突に」

あまりに脈絡がなく、この男が何を言いたいのかさっぱり分からなかった。

「私は陛下を完全無欠清廉潔白な方だと思っている。だが――もしかしたら私は、陛下を何も存じ上げなかったのかもしれないと……ふと思った」

その言葉に風刃も真顔になった。この男が何を考えているのか分かってしまったからだ。あの優しい王の、内側にあるものを覗いてしまったと思った瞬間があったのだ。

「だったら何だよ」

「……陛下は私が信じていたより、ずっと恐ろしい方なのかもしれない。だとしたらあのお方はいつか……正しくないことをなさるかもしれない」

雷真はそう言って、きつく手綱を握り締めた。

「……そうなったらてめえは、陛下に仕えるのをやめるって？」

「いや、この私がお諫めしなければと思っただけだ」

「なるほど、だけどそりゃあお妃様の役目じゃねえのかよ」

するると雷真はじろりとこちらを睨んだ。

「貴様、あのお妃様がそういう正しいことをなさると思うか？」

真剣に問い返され、風刃は悲しいかな反論の言葉が出てこなかった。

「そりゃあ……しねえかもな」

「ああそうだ。その時は我らで陛下をお止めしよう」

「……俺を入れるのかよ、手伝わねえぞ」

「いや、貴様は私を手伝ってくれるだろう……と、私は信じている」

「てめえ……やっぱムカつく奴だな」

風刃は思いきり舌打ちした。雷真は平然と返してくる。

「貴様が私にどれだけムカつこうがどうでもいいことだ。さしあたり今は、火琳様と炎玲様を見つけ出して王宮へお連れすることに全力を注ぐのが第一だからな。貴様にも最後まで共に駆けてもらうぞ。――私たちは大人で、男だそうだからな」

夜の冷気を感じ始めた庭園で、紅玉は告げた。

「……私は術者じゃありません、私は……術で呪われた人間です。犬神に取り付かれて、人に触れることも、年を取ることもできなくなった……。それが私の正体です」

全てを話し終えると、彼女は再び地に頭をつけた。

彼女の話に出てきた親を殺された少年……それが誰を示しているのか理解できないほど玲琳も鈍くはない。ただ、紅玉はその少年について何を見たのか決して語ろうとしなかった。

「私の夫を殺してください。どうかこれ以上、罪を重ねさせないでください。お願いします……」

紅玉は再び懇願した。全身を覆う衣が、人に触れまいとする鎧に見えた。

「お前が正体を隠していたのは、私を信用できなかったから？」

「……夫を、悪いことに利用されたくありませんでした」

「愚かかね、蠱師は悪いことをするものよ」

嘲笑うかのような物言いに、紅玉は顔を上げた。

「李彩蘭様は、あなたたなら私たちを救ってくださるとおっしゃいました」

なるほどやはり姉は、子供たちを傷つけようなどとしていなかった。代わりにそれよりもっと厄介なことを押し付けてきたのである。

「さすが私のお姉様……」

玲琳はくすっと笑った。

「私が犬神を殺したら、お前はどうするの？」

「……私が帰るところは彼の傍以外にありませんので、夫のもとへ行きます」

「そう……」

玲琳は紅玉の目の前にしゃがむと、そっと手を伸ばした。彼女の頰にできた擦り傷に触れ、滲んだ血を舐める。紅玉はその行為に怪訝な顔をした。

玲琳はその血を味わい、納得し、立ち上がった。

「さあ、あの悪戯《いたずら》な子犬を始末してしまいましょうか」

裾をぱんと払い、唸り続ける犬神に正対する。

人の身から無理矢理犬神とされ、その術者もとうに失い、生前の愛着と飢えに苦しむ哀れな蠱……

玲琳は袖口からいつも持っている小刀を取り出した。鞘を払って白刃《はくじん》を見せると、その切っ先で己の指を切る。鮮血が滴り、その匂いに犬神の鼻が反応する。

「おいで……お腹が空いているのでしょう？　人をいくら喰ったところであなたの飢えは癒えないわ、私があなたの腹を満たしてあげましょう。主を失った哀れな蠱よ、私に従え」

甘い声で囁きかける。

「さあ……この血を啜《すす》りにいらっしゃい」

すると、犬神はふらりふらり近づいてきた。ひときわ低く唸り、ぐわっと大きく口を開け、まるで玲琳を一飲みにしようとするかのように襲い掛かり――そしてその場に平伏した。

「いい子ね、お飲み」

玲琳は犬神の口元に滴る血を差し出した。その血が鼻先に落ち、犬神は大きな舌でその血を舐めとる。途端、犬神はヴォオオオオオウと大きな鳴き声を上げた。

鳴き終わると、巨大化していた体がみるみる縮み、元々の牛くらいの大きさになり――さらに縮んでとうとう普通の犬と同じ大きさになった。

目も四つから二つになり、どこにでもいるごく普通の黒い犬がそこにいた。

「今日から私があなたの主よ、私の血が欲しければ、私の命令を聞きなさい」

そう言い含めると、犬神はお座りしてしっぽをパタパタと振った。

「さて……これで約束は果たせたかしら？」

軽く手を広げて玲琳は鍠牙に振り向いた。

「それで子供たちに危険がないならな」

彼は腕組みしてそう答えた。

「ええ、残念ながらあの子たちを犬神の主にすることはできなかったけれど」

玲琳は肩をすくめてみせた。

犬神の脅威が去ったと分かった兵士や女官たちは、喝采を上げた。

「うおおおお！　さすが俺たちのお妃様！」

やんややんやと囃《はや》し立てる。ここしばらく張り詰めていた緊張感から解放された彼らは、踊り出すほど嬉しそうだった。

その様子を見ていた紅玉が、地面に座り込んだまま呆然と玲琳を見上げた。

「何を……何をしたんですか？」

「お前の夫を私の犬神にしたわ」

「何で！　殺してくれるって言ったじゃないか！」

「いいえ、そんなことは言っていない」

きっぱりと否定する玲琳に、紅玉は絶望の色を浮かべた。

「そんな……このままじゃ……」

「大丈夫よ、この犬神はもう、むやみに人を喰ったりしない。術者の血があるから飢えることはないわ。お前が人に触れても、相手を襲うことはしないでしょう。私がそれを許さないもの。これは正しく犬神になったわ。もう、苦しむことはない」

「じゃあ……私は？　呪われた私はどうなるの？　ずっとこのまま、老いずに一人でいるの？」

泣き出しそうな紅玉の顔をまじまじと眺め、玲琳はズバリ言った。

「そんなことは知らないわ、私には関わりのないことよ。だって——お前は誰にも呪われてなどいないもの。お前の血に呪いの気配はないわ」

「え!?　じゃあ……何で……」

紅玉は信じられないとばかりに自分の顔を押さえた。何年も変わらないという自分の顔を——

しかし玲琳はふんと鼻で笑った。

「お前は単に、童顔なだけではないの？」

紅玉はぽかんと口を開いて放心した。

「さあ、これで事件は解決したわね。後はあの子たちが見つかれば、問題はないわ。雷真と風刃はそろそろ二人を見つけたかしら？」

玲琳は指先を口元に当てて想像する。

姉の贈り物はようやく受け取った。子供たちの喜ぶ顔が目に浮かぶ。ただ、その前にあの子たちをよく叱っておかねばなるまい。あの子たちは蠱術に関わる者として許されざることをしようとしたのだから。

「お前もそんなところに座っていないで立ちなさい」

玲琳は、呆けて座り込んでいる紅玉に手を伸ばした。

手袋越しの手を摑んだ途端、虚《うつ》ろだった紅玉の瞳が突如見開かれた。

彼女は玲琳の手をきつく握り返し、全身を震わせ始めた。

思いつめたような目で、彼女は玲琳を見上げた。酷く顔をこわばらせ、何か言おうと口を開き、しかし躊躇って喉の奥に言葉を張りつかせ、呪いのような唸り声をあげ——とうとう魂を絞り出すかのように声を発した。

「…………このままだとあなたの子供たちは死にます」

唐突な言葉に、辺りはしんとなった。

「どういうこと？」

玲琳が聞き返すと、紅玉は立ち上がってその腕を覆っていた手袋を脱ぎ捨てた。

白い腕が覗いたが、そこには風刃が予想していたような刺青はなかった。

彼女はその白い手で、再び玲琳の手を握ってきた。初めて占われた時と同じ気持ち悪さを感じる。紅玉は怖い顔で目を閉じ、開いた時には額に冷や汗をかいていた。

「……迎えにやったあの二人は間に合いません、子供たちは死にます。遠い地に売られそうになって、暴れて、殺されてしまう。このままだと間に合わない。あなたが子供たちの死体と対面する未来が見える」

彼女は怖い目でそう告げた。

「おい、お前の占いを信じるものなど、もう誰もいないぞ」

鍠牙が剣呑な様子でそう咎めた。

しかし玲琳は紅玉の瞳を見つめ、聞き返した。

「どうすれば助けられるの？」

「姫、戯《たわ》けた嘘にこれ以上付き合うつもりか？」

鍠牙は子供たちの死を言葉にされて腹を立てたらしく、険のある様子で言った。

「お前は黙っていて。紅玉、子供たちはどうやったら助けられるの？」

「犬神なら……彼なら馬よりずっと速い。彼なら間に合います」

「いいかげんにしろ！　お前の占いを誰が信じると思うんだ！」

鍠牙が怒鳴った。周りにいる兵士や女官たちも同じ気持ちらしく、猜疑の眼差しを紅玉に注いだ。そんな中、玲琳だけが言った。

「私が信じるわ、犬神なら間に合うのね？」

その問いかけに、紅玉は再び玲琳の手を握って目を閉じた。

「……はい、間に合います」

「分かったわ。黒、あの子たちを助けに行ってちょうだい。あなたはあの子たちの匂いをよく知っているわね？」

子供たちが密かにつけたその名で玲琳が命じると、お座りしていた犬が再び巨大な犬神と化した。

「さあ、今すぐ行って！　あの子たちを守って！」

その命令に従い、犬神はぐっと身を縮めて跳躍しようとする。するとその寸前、鍠牙が犬神の背に飛び乗った。

玲琳はぎょっとしたが、犬神は止める間もなくそのまま跳躍し、屋根から塀へと飛び移り、あっという間に見えなくなった。

一瞬庭園中がしんとし、その静寂の中、紅玉は地面にへたり込んだ。とんでもないことをしてしまったと、絶望感に打ちひしがれているかのようだった。

玲琳はそんな彼女に囁きかける。

「ありがとう。お前は隠しておきたかったでしょうに……よく言ってくれたわね」

紅玉の肩がびくりと震えた。

「お前の本当の正体……お前が本当に隠したかったこと……私はたぶん、最初から知っていたわ。お前は復讐者でも、正義の術者でも、呪いをかけられた被害者でもない。お前の本当の正体は——ただの占い師ね？」

紅玉は答えなかった。紙のように白くなった顔は、ありありと恐怖をたたえていた。

「お前はいかにも怪しげな、詐欺師じみた占い師の振りをしていたけれど……実はずっと本当のことを言っていたのでしょう？　金目の魔女、紅玉。お前は、本当にあらゆる過去を覗き、あらゆる未来を見ることができる。だから、幼くして金剛一家に買われたのね？　一家のために、占いをさせられ続けていたのでしょう？　お前の力で金剛一家は金儲《かねもう》けをしていたということかしら」

紅玉は怪物を見るような目で玲琳を見上げた。

「……どうしてそれが……」

疑問に似た形の肯定を、玲琳は素直に受け取った。

「私は最初から、お前が本当に占い師なのだろうと思っていたから」

「何で!?」

「お姉様がお前を占い師と呼んだからよ。私はお姉様の言葉を疑わないわ。お姉様がお前を占い師だと言ったなら、お前は占い師なのよ」

これはもはや妄信だ。姉の言葉の真偽を、玲琳は問うことすらしない。その結果騙されて滅んでもいいとすら思っている。そして玲琳の妄信を知っているから、姉は玲琳を裏切ることなどしないのだ。それこそが、玲琳という駒を最も効率よく使う術《すべ》だとあの女帝は知っている。

もっとも、姉が紅玉の力をどの程度知っていたのかは分からない。さすがに全ての過去と未来を見る力があるとは思っていなかっただろう。

「それ……だけで……？」

紅玉はひきつった笑みを浮かべた。

なんとなく気の毒になり、玲琳は付け加えた。

「確信を持つ出来事もあったわ。お前は私の命を助けたでしょう？　あの時お前は、私が翌日の夜に池で溺れると言ったわね。私は確かにあの翌晩、池の毒草を摘む予定だったのよ。それは誰にも言っていない、私の頭の中にだけあることだった。なのにお前はそれを言い当てたわ。私はあの日、本当に死ぬはずだったのでしょう？」

紅玉は答えなかった。それが肯定を示していることは分かった。

「それで確信したわ、お前は未来が見えるのだと。お前に初めて触った時、感じたこともない気持ち悪さがあった。自分が侵略されるような気色悪さ……あれがお前の本当の正体だわ」

玲琳は満足げに言った。

「お姉様はお前をくださった。私はありがたく受け取るわ。これからも、お前には私に仕えてもらう」

実際には子供たちへの贈り物だというところを無視して玲琳は言った。

するとこう紅玉はみるみる青ざめた。突如動きだし、地面に落ちていた陶器の破片を掴んで自らの喉に突きつけた。

「私に何を占わせるおつもりですか？　この国の未来？　ご自分の死期？　それとも他国の弱みを掴んで侵略でもなさいますか？　ええ、私は魔女と呼ばれた占い師……お望みならばどんな過去も未来も見通して差し上げますよ。この力を使いこなせば何でもできます。金儲けだって……戦だって……何だって思い通りに……」

そこで彼女は切れるほどきつく唇を嚙みしめた。

「冗談じゃない！　これ以上お前らに利用されるのはごめんだ！」

彼女は怒りと恐怖に震えていた。長年自分を捕らえ続けていた一家のことを、思い出しているに違いなかった。

金剛一家が滅ぼされたのももしかしたら……彼女が嘘の占いでそう仕向けたのかもしれない。無謀なことをさせて、国を敵に回すように……。玲琳はふとそう思い、しかし軽く片手を前に突き出した。

「ああ、それはいいわ。お前の力にはさほど興味がないから」

あっさり否定され、紅玉は怒りの矛先を失った。玲琳は戸惑う彼女ににんまりと笑いかけた。

「私は近頃犬を飼い始めたの。お前には、その世話係を頼みたいのよ」

言った途端、その場にいた全員が呆気に取られた。

玲琳は、彼らをこのまま死なせてやるつもりはなかった。

だってあの犬神は、あんなにも美しい。

あれをみすみす失わせる蠱師など、この世のどこを探してもいないだろう。

助けてほしいと彼女は言った。ならば相手を間違えている。玲琳はどこまでも蠱師で、彼らをこのまま安らかに死なせてやるほど優しくはないのだった。

「よく務めてちょうだい」

そう言って玲琳は、楽しげな微笑みを浮かべた。

紅玉はまた呆然とへたり込んだ。

はたして、魔女はどちらだろうか……


犬神は風のごとき速さで屋根から屋根へと翔り続けた。

鍠牙は折れた手で犬神の背にしがみつき、振り落とされぬようにするのが精いっぱいだ。

こんな獣に乗って、子供たちはよく落とされなかったものだと不思議に思いながら、鍠牙はその速さに耐え続けた。

なんとか目を開けて下を見ると、あっという間に裏街へとたどり着いていた。途中、馬を駆る若者を二人追い抜くと、彼らが犬神の姿を見て仰天したのが分かった。

二人はこちらを追いかけようと速度を上げたが、犬神の足はそれよりはるかに速く、瞬く間に距離を空けてお互いの姿は見えなくなった。

都の外れである裏街の、更に外れまでたどり着くと、犬神はようやく速度を落とした。日はすっかり落ちていて、辺りは暗くなり始めている。犬神は屋根から地面に降り立つと、ぶるんと巨体を振って鍠牙を落とした。鍠牙が無事に着地すると、近くにいた人々が悲鳴を上げて逃げ出した。蜘蛛の子を散らすように逃げられて、鍠牙は犬神と二人きりになる。何げなく目を上げる。

間近で見ると本当に奇妙な姿をしているなと思ったが、その巨体も、剣のごとき牙も、異様な四つの目も、別段恐ろしいとは思わなかった。むしろ、奇妙な親近感を抱いてすらいた。この怪物はまるで自分のようだ……そう思い、いや違うと否定する。自分などと一緒にしてはこの怪物が気の毒だ。

「お前も大事な人を守りたくて苦しんだんだろう。俺も同じだ、俺の子供たちを見つけ出してくれないか」

鍠牙は真摯に語りかけた。その行為に意味があるのかどうか知らなかったが、鍠牙には現状頼るものが他になかった。

今日まで殺すべしと憎んでいたものに頼る自分を、鍠牙は特に恥じることはない。自分が弱く、惨めであることを知っている。故に何を利用することも如何《いか》なる行動をとることも、鍠牙は恥と思わない。

犬神は、鍠牙の想いを知ってか知らずか体を普通の犬大に縮め、ほたほたと歩き出した。

連れ立って夜の裏街を歩いてゆく。犬神に怯えて人が逃げ出した路地から大通りに出ると、雑多に人が溢れて賑《にぎ》わっていた。いつ来ても、この街には独特の気配がある。

犬神はふんふんと風の匂いを嗅ぎ、一軒の薄汚い酒場へたどり着いた。

「いいかげんにしやがれこのクソガキ!!」

突如酒場の中から怒声が聞こえ、皿の割れる音がした。

「悪いのはお前たちの方だわ。幼気《いたいけ》な子供たちを売り飛ばそうだなんて、恥ずかしいと思わないの!?　自分を恥じる気持ちが少しでもあるなら、今すぐ私たち全員解放しなさいよ！」

愛くるしい声が怒声をかき消そうとするように響き渡る。

その後ろから、数人の子供らしき泣き声が聞こえた。

「無辜の民を傷つけるような悪者は許さない。この子たちは私が守るわ。お前たちみたいな悪人に負けるもんですか！　かかってきなさい！」

「ぎゃっ……！　いってえな……このガキ、物騒なもん振り回しやがって。ぶち殺してやる！」

「火琳にさわるな！　わるものめ！」

「バカ！　あなたはおとなしく他の子たちと一緒に後ろにいなさいよ！　全部私が守ってみせるんだから！」

凜としたその声に、子供たちの泣き声がひときわ大きくなった。

「くそっ、めんどくせえな。こんなん売り物になんねえよ、川にでも沈めちまえ」

「きゃあああああ！」

と、甲高い悲鳴が聞こえたところで、鍠牙は酒場の扉を開き、中へ足を踏み入れた。

酒場の中を見回すと、十人ほどの男たちがたむろして、幼い少女――火琳に手をかけていた。

火琳は小刀を手に背後を守ろうとしており、炎玲がその背中に縋って火琳を下がらせようとしている。そして二人の後ろには、彼らよりいくつか年上の子供たちが固まって泣いていた。火琳は弟を含めた全員を、その小さな体で守ろうとしているらしかった。

しかし無情にも、火琳に手をかける男の手には厳《いか》つい刃物が握られて、今にも柔らかい肌を切り裂かんとしていた。

「失礼する」

鍠牙はそう声をかけた。突然の闖入者《ちんにゅうしゃ》に、男たちは警戒と驚きの中間点で動きを止めた。火琳も炎玲も鍠牙に気づき、表情をくしゃりと歪める。

「お父様！」

火琳が叫んだ。

鍠牙は静かに歩いてゆき、戸惑っている男たちの肩にぽんと手を置いた。

「うちの子を保護してくれてありがとう、世話になったな」

そう告げると、武骨な刃物を突き付けられている火琳と炎玲を彼らから引き離し、抱き上げる。

火琳はきつく唇を噛みしめてぷるぷると体を震わせ、炎玲は鍠牙にしがみついてわんわんと泣きだした。二人とも顔にぶたれたような跡があり、髪も服もぐちゃぐちゃになっていた。

「もう大丈夫だ。みんなでうちへ帰ろう」

鍠牙は安心させるようにそう言う。しかし男たちはそれをあっさりと許してはくれなかった。

「御頭《おかしら》ぁ、こいつ俺らを舐めてやがるぜ。なんとか言ってやってくれよ」

「ちっ……てめえ、このガキの親か？　俺らが鋼鉄《こうてつ》一家だと知っての狼藉《ろうぜき》かよ。迷子のガキを拾ってやったんだ、礼ぐらいするのが常識的な親ってもんだろうが」

「そうか、ちょっと待っていてくれ」

鍠牙は泣きじゃくる子供たちを抱えて酒場の入り口まで行くと、そこに座っていた犬神に子供たちを預けた。

「安全なところまで運んでくれ」

そう頼み、再び酒場の扉を閉める。

「いや、はは……待たせたな」

そう言って、鍠牙は笑いながら男たちのもとまで戻ると淡々と剣を抜き、御頭と呼ばれていた男の首を斬り飛ばした。

いやな音を立てて首は床に転がった。

「謝礼だ、釣りはいらん」

冷ややかに言い、踵を返して酒場から出ようとする。

「て、てめえ！　待ちやがれ!!」

あまりの出来事に呆然としていた男たちが、激昂《げきこう》して怒鳴った。

「悪いが俺も暇ではない、後は他の奴らと遊んでくれるか？」

そう言って酒場の扉を開けた時、蹄《ひづめ》の音が聞こえて二頭の馬が駆けてきた。

「陛下！　今そこにあの怪物が……」

「何でか知らねえけど、炎玲様と火琳様を背中に乗せて威嚇してて……」

雷真と風刃は馬から飛び降り、口々に叫ぶ。

「ああ、俺が頼んだ」

鍠牙はごく平坦《へいたん》にそう返した。

二人は何故か一瞬息を呑んだ。自分がどういう顔をしているか分からなかったし、普通に応じたつもりではあったが……

「陛下……その血は……怪我をなさったのですか」

雷真が鍠牙の服に散る血痕を見て顔色を変えた。

風刃は酒場を覗き込み、そこに横たわる血まみれの首なし死体を見て驚愕の表情を浮かべる。

「陛下、あの死体は……？」

「鋼鉄一家の頭《かしら》とか言ったか……近頃人身売買の噂を聞くヤクザ者だ。火琳と炎玲を攫ったらしい。二人とも殴られて、殺されかけていた」

「……あぁん？　何だと？」

「それは本当ですか？」

風刃と雷真はたちまち目つきを剣呑なものにした。刃物を握って殺気立っている男たちを睨みつける。

「ああ、始末を頼む。俺はもう疲れた、手も痛むしな。奴らにはもう別段用もない、一人残らず殺してかまわんよ。それから、残りの子供たちは保護してやれ」

「了解です。炎玲様と火琳様に手ぇあげるとか殺す。マジで殺す。全員殺す。死罪一択。ぶっころし決定」

「御子様方を攫うなど言語道断。彼らのしたことは正しくない、その命をもって罪を償わせましょう」

二人は剣を抜き、酒場へと入っていった。

酒場の扉が重たく閉まる。中から悲痛な叫び声が聞こえてきたが、鍠牙は心どころか眉一つ動かすことなくその場を立ち去った。

少し離れた通りの向こうに、それは立っていた。

家ほどにも巨大化した犬神が、子供たちを背に乗せて仁王立ちしている。なるほど確かに、どこよりも安全であろう。

こうやって見ると、なかなか愛嬌があるように思う。しかし裏街の人々はそう思わなかったらしく、住民は全員逃げ去って通りは無人になっていた。

「火琳！　炎玲！」

鍠牙は子供たちの名を呼んだ。犬神は速やかに地面へ伏せ、子供たちは通りへぴょこぴょこと下りてきた。

「お父様！」

炎玲が泣きながら駆けてきた。火琳も顔をくしゃくしゃにして走ってくる。鍠牙は抱きしめてやりたいと思ったが、それを堪えて二人の前にしゃがんだ。

「お母様から聞いた。お前たちがこの犬神を飼っていたこと……そして、犬神に人を喰わせようとしていたこと……」

すると火琳はぱっと顔を上げた。

「そうよ、悪人を食べさせてあげようと思ったの。だって悪人なら、食べられたって誰も困らないでしょ？」

嬉しそうな——誇らしそうな顔をしている。火琳にとっては何も恥じることのないことだったのだ。

そこで酒場から雷真と風刃が出てきた。彼らは攫われた子供たちを連れて、こちらへぞろぞろと歩いてくる。無事に片が付いたようだ。

鍠牙はぐっと表情を厳しくして、火琳を見据えた。

「火琳、お母様は蠱師だ。この世には、蠱師を悪人だという者もたくさんいる。そういう人間が、いつかお母様を殺しに来るかもしれない。悪人なら殺したところで誰も困らない……と言って」

その言葉に火琳はさっと青ざめた。夜の中でも裏街の通りは明るく、幼い少女の表情をはっきりと映し出していた。

「そんなことになったら、お父様はお母様を何としてでも守ると思う。けど、そうしたら今度はお父様が、悪人を庇った悪人だと言われるだろう。お前たちがやろうとしたのはそういうことだ」

言葉を重ねるたび、火琳の表情は曇ってゆき、炎玲はぷるぷる震えながら目に涙をためた。それでも鍠牙は最後まで言わなければならなかった。

「そういうことを起こさないため、この世には法があり、規律がある。それを破って簡単に人の命を奪うようなことを考えてはいけない」

強く諭され、火琳と炎玲は震えながら俯いた。

鍠牙の発言を聞いた雷真と風刃が、何とも言えない顔で目を見合わせた。返り血を誤魔化そうとでもするようにぱぱっと服を手で払い、

「そうですよ、炎玲様、火琳様。命は尊いものなんです。一度失ったら取り返しがつかないものなんですよ。だから人を殺したりしちゃいけないんです。な？」

鍠牙の言葉に乗って、風刃は傍らの男に同意を求めた。

「ああ、そうだな。我々が酒場の男たちを斬……」

雷真がそこまで答えかけたところで、風刃は彼の横っ腹をどついて黙らせる。

一連の華麗な流れであった。

「お父様……ごめんなさい……」

炎玲はそう言って、めそめそと泣きだした。

「分かってくれたならいいんだ。お前たちが無事で本当によかった。お前たちに何かあったら、お父様も生きていられないからな」

鍠牙がそう言うと、炎玲は泣きながら抱きついてきた。

鍠牙は炎玲の小さな体を抱きしめ返し、ようやく心の底から安堵した。

「火琳もおいで」

娘の方へも手を伸ばすが、火琳は自分の服の裾を握り締めてその場から動こうとしなかった。

「火琳？」

「……私は……間違えたのに……そんな時に甘えちゃダメでしょ」

彼女は頑として言った。攫われて、殺されかけて、怖くなかったはずはない。それなのに、涙一つみせようとしないのだ。幼子のその矜持《きょうじ》に鍠牙は驚嘆した。

これは紛れもなく彼女の娘だなと思った。

火琳はきつく唇を引き結び、懸命に耐えていた。無理にでも抱きしめてやりたかったが、それが正解なのか鍠牙には分からなかった。その行為は、この幼い王女の矜持を傷つけるものになりはしないか……？

鍠牙が困っていると、助け出された他の少年少女がおずおずと近づいてきた。みな、火琳より少し年上に見える。

「あの……私たちのこと、庇ってくれてありがとう」

彼らは火琳にそう礼を言った。その途端、火琳の瞳は大きく見開かれ、揺らいだ。涙が零れそうになり、それを見せまいと幼い少女はその場の全員に背を向けた。

小さな肩が震えている。礼を言った子供たちもどうしていいのか分からず立ち尽くし、いつも高慢な姫君しか相手にしていない雷真も、娘の心を慮《おもんぱか》る鍠牙も、何もできずにただ見ているしかなかった。

そんな中、ただ一人動いたのは風刃だった。彼は火琳に近づいて、その背中をいきなりばんと叩いた。その衝撃で、火琳はびっくりしたように振り返る。そこで風刃は自分の口と鼻を引っ張って、変な顔をしてみせた。それを見た途端、火琳は目を真ん丸くし、思わず笑いかけ……その弾みでぼろぼろと泣き出してしまう。

「泣きたかったら泣けばいいんですよ、バカだなあ」

そう言って、風刃は火琳をひょいと持ち上げた。彼はそのまま火琳を運び、息子を抱きしめたまましゃがみこんでいる鍠牙に差し出した。

鍠牙が娘を受け取ると、火琳はようやく鍠牙に抱きつき、わあわあと泣き出した。

その傍らに、風刃もしゃがみ込んだ。

「火琳様、あなたはいつかこの世の誰より美しく賢い女王になりますよ。国中の男があなたに傅《かしず》くだろう。だから今はまだ、しょんべんくさいお子様でいればいいじゃないですか」

にかっと笑った風刃に、火琳は洟《はな》を啜りながら振り向く。

「お前も私に傅くの？」

「さあ、どうですかねえ？　俺はやっぱりどこまで行っても気持ち悪いものが好きな男なんでね、美しい女王には傅けないかもしれませんねえ」

風刃はからからと笑って受け流した。

「……ふん、お前みたいな軽薄男なんかいらないわよ」

火琳はぷいっと顔を背け、再び鍠牙の胸に顔を埋める。

「だからほんとに、そんな言葉どこで覚えました？」

風刃は呆れたように苦笑いした。

鍠牙は火琳と炎玲の背を撫でながら、隣にしゃがんでいる風刃に笑いかけた。

「風刃、火琳を慰めてくれて感謝する。まあ、つまらん男がいくら傅いたところで、可愛い娘を易々《やすやす》と渡すつもりはないがな」

「そういうことはいずれ傅いてきた男に言ってくださいよ」

と、風刃は吐息まじりに立ち上がった。

鍠牙も立ち上がり、しがみついて離れようとしない双子に話しかける。

「さあ、王宮へ帰ろう。お母様が心配してるだろうからな」

とは言いながら、あの姫が心配のあまり胸を潰している姿など到底想像できない鍠牙だった。


夜が更けても、玲琳は休むことなく子供たちの帰りを待っていた。

城門の近くに立ちはだかり一点を見据えて待ち続けると、ようやく遠くから駆けてくる獣の姿が見え、犬神と二頭の馬が連れ立って帰ってきた。

犬神の背には鍠牙と双子が乗っていた。巨大な獣の背から降りると、子供たちは玲琳に向かって走ってくる。

玲琳は厳しい顔で彼らを迎えた。

「お母様、ごめんなさい」

双子は同時にそう言った。

「お前たち、自分たちが何をしくじったのか理解しているの？」

冷淡に聞かれ、子供たちはこくりと頷く。

「あのね、悪人でも殺しちゃいけないって、お父様が」

「そう……それは人の掟《おきて》ね。私がお前たちに言いたいことは違うわ。お前たちは蠱師の子だけれど蠱師ではないのよ、まず自分の無力を理解しなさい。そして誰の依頼を受けたわけでもなく無関係の人間を蠱の餌にするなど、許されることではないわ。それは蠱師の美学に反すること、お前たちのしたことは蠱術の扱いとして下策よ」

玲琳は淡々と彼らの行為を非難した。子供たちの表情はどんどん暗くなってゆき、後ろに立っていた鍠牙がたまらず口を挟んだ。

「姫、叱責の焦点がおかしいことはまあ置いておくとして、この子たちのことは俺が十分叱った。これ以上は……」

「お前がそうやって甘やかすから……」

そこまで言ったところで、玲琳の目からぼろぼろと大粒の涙が零れ始めた。

子供たちは突然の出来事に凍り付き、鍠牙は驚きのような感心のような表情を浮かべる。

「何だ姫、そんなに心配していたのか」

「し……心配していたに決まっているでしょ。お前が……お前がいつも甘やかすからあああああ！」

突如号泣し始めた玲琳を見て、子供たちは叱責された時の比ではないほど取り乱した。いつも笑っている母が泣くところを、彼らは見たことがない。

「お、お母様あああ！　ごめんなさいいい！　ごべんなざいいいいいい」

「うあああああん！　なかないで、お母様、なかないでよ。うわあああん！」

二人とも悲鳴のような泣き声を上げて玲琳の足にしがみつく。

それでも玲琳は泣きやむことができなかった。昔から、時折こういう泣き方をする。癇癪《かんしゃく》のような、甘えのような、この泣き方を知っている者はたぶん、この国では鍠牙くらいのものだろう。

護衛役の雷真も風刃も、門を固めていた衛士たちも、全員が呆気に取られて玲琳を見ていた。あまりの惨状に、鍠牙が急に笑い出した。

「何が可笑しいの！」

玲琳は泣きながら怒鳴った。

「俺の姫は困った女だなと思ってな」

存在の全てが困った男のお前に言われたくはないと玲琳は思った。泣いていたので言えなかったが。

「火琳、炎玲。泣かなくていい、大丈夫だ。お母様が泣いた時に慰めるのはお父様の役目だからな」

そう言って、鍠牙は足に子供たちをまとわりつかせたまま泣いている玲琳を軽々と抱き上げた。突然の行為に驚く玲琳の、濡れた頬や瞼《まぶた》へ口づける。

「子供たちの前ではしないと言っていたくせに……」

玲琳は次第に泣き止《や》み、ぽつりと言った。

「俺の可愛い姫が泣いているからな、仕方がない」

彼はそう言って玲琳の涙をぬぐった。

ようやく涙が止まり、玲琳は鍠牙の腕を振り払って地面に下り、しゃがみこんだ。

泣いている火琳と炎玲を抱きしめ、やっと深く呼吸する。

「私が甘かったわ。これからは、お前たちにもっと厳しく蠱術の何たるかを教えることにする」

その宣言に、双子はたちまち泣き止んで、ぱっと顔を輝かせた。

「本当？」

「ええ、幼くともお前たちは蠱師の子。その血に恥じない智を身につけなければ」

子供たちの瞳はどんどん輝きを増してゆく。

「おい……お父様を置き去りにするのはやめてくれないか」

鍠牙が苦笑しながらそうぼやいた。

終章

「黒ー、こっちだよ」

庭園をたったか走る少年を、黒い犬が追いかけている。

「鬼ごっこなんて子供ね」

少女はそんな弟を、ふんと鼻で笑った。

何とも長閑《のどか》なその光景を、玲琳は毒草園の手入れをしながら眺めていた。

その時、傍らで深いため息の音が聞こえた。

庭園に置かれた大きな石に腰かけ、鍠牙が何度もため息を吐いていた。

面倒くさい気配しかしなかったので、玲琳はどうしたのかとは聞かずひたすら放置していた。

「姫……火琳が嫁に行ってしまったらどうする」

玲琳があまりに無視し続けているので、とうとう鍠牙の方から切り出してきた。

やはり面倒くさいことを言い出したなと玲琳は思った。そもそも、五歳児を前に考えることでもあるまい。

「どこかへ嫁ぐ日が来たら、俺はどうしたらいいんだ……」

「めでたく送り出せばいいのではないの？」

「え、俺に……死ねと……？」

鍠牙は絶望を通り越して無の表情になった。あまりにも憐れだったので、玲琳は救いの手を差し伸べてやることにした。

「そもそも火琳は女王になりたいのだから、婿を取ってずっとここにいるのではないかしら？」

するとと鍠牙は勢いよく顔を上げた。

「なるほど！　確かにそうだ。ああ、それなら何とか耐えられそうだ。婿に来たどこの王子だか貴族の息子だかを、俺が斬り捨てずにすめばいいだけのことだからな」

うんうんと納得し、そこでまたはっと顔一面に驚愕の表情を浮かび上がらせる。

「ま、まさか……炎玲がどこかへ婿に行ってしまうということは……？」

「それは……あり得るわね」

炎玲は国事に関わる仕事をするまい。ここから離れてゆくことも十分に考えられる。

「ああああああ……俺はどうしたらいいんだ……」

鍠牙はまた頭を抱えてしまった。

本当に面倒くささ極まる男だなと玲琳は呆れる。

「まあいいでしょう、私はずっと傍にいるのだから」

「……あなたしかいないのか」

鍠牙は魂を吐き出すようなため息を漏らす。玲琳はこの男を池に沈めてやろうかと思った。

「そんな戯言《たわごと》を言っていると、私までどこかへ消えてしまうかもしれないよ？」

「嘘です、ごめん。あなたがいないと俺は眠ることもできません」

鍠牙はすがるように手を伸ばしてきた。

「そうでしょう？　お前を毎晩安らかに眠らせてやるのも、永遠の眠りにつかせてやるのも、私だけができることなのだからね」

艶美に微笑み、玲琳は毒草の汁に塗れた手で彼の手を握った。

本書のプロフィール

本書は書き下ろしです。

小学館文庫

蟲《むし》愛《め》づる姫君《ひめぎみ》
後宮《こうきゅう》の魔女《まじょ》は笑《わら》う

著者　宮野美嘉《みやのみか》

二〇二一年五月十二日　初版第一刷発行
二〇二一年六月十三日　第二刷発行

発行人　飯田昌宏
発行所　株式会社　小学館
〒一〇一-八〇〇一
東京都千代田区一ツ橋二-三-一
電話　編集〇三-三二三〇-五六一六
　　　販売〇三-五二八一-三五五五
印刷所———図書印刷株式会社

この文庫の詳しい内容はインターネットで24時間ご覧になれます。
小学館公式ホームページ　http://www.shogakukan.co.jp

ISBN978-4-09-407017-0